Der Traum von Recoaro Terme

Märchenroman

Gudrun Leyendecker

AF289356

1.Auflage 2025

Umschlaggestaltung Natascha Frieben, Canva

Sämtliche Inhalte sind urheberrechtlich geschützt und dürfen ohne die ausdrückliche schriftliche Genehmigung in keiner Art und Weise (elektronisch, in Bild, Ton oder Sprachform) weiterverwendet, vervielfältigt, kopiert oder in jeglicher Form abgespeichert werden. Bibliografische Information der deutschen Nationalbibliothek: Die Deutsche Nationalbibliothek verzeichnet diese Publikation in der Deutschen Nationalbibliografie; detaillierte biografische Daten sind im Internet über http://dnb.dnb.de abrufbar.

© 2025 Gudrun Leyendecker

Verlag: BoD · Books on Demand GmbH,

Überseering 33, 22297 Hamburg, bod@bod.de

Druck: Libri Plureos GmbH, Friedensallee 273,

22763 Hamburg

ISBN: 978-3-8192-7618-7

Gudrun Leyendecker ist seit 1995 Buchautorin. Sie wurde 1948 in Bonn geboren. Siehe Wikipedia.

Sie veröffentlichte bisher über 110 Bücher, unter anderem Sachbücher, Kriminalromane, Liebesromane, und Satire. Leyendecker schreibt auch als Ghostwriterin für namhafte Regisseure. Sie ist Mitglied in schriftstellerischen Verbänden und in einem italienischen Kulturverein. Erfahrungen für ihre Tätigkeit sammelte sie auch in ihrer Jahrzehntelangen Tätigkeit als Lebensberaterin.

Inhaltsangabe

Das Tal des Agnos liegt südlich der kleinen Dolomiten im nördlichen Italien. Nicht weit von der kleinen Stadt Valdagno befindet sich der berühmte Ort Recoaro Terme, der bekannt ist für die gleichnamige Quelle, aus der ein besonders gutes Wasser fließt. Auch der romantische Wasserfall zwischen Felsen und Schluchten wird gern besucht, aber nur wenige wissen etwas von dem Märchen, das sich an diesem Ort ereignet hat. Lassen Sie sich verzaubern von der Geschichte eines ganz besonderen Traumes!

Der Traum
von
Recoaro Terme

Märchenroman

Gudrun Leyendecker

Wo sind wir?

Im Tal des kleinen, italienischen Flusses Agno begegnen sich die Ausläufer der kleinen, aber dennoch gigantischen Dolomiten und der Charme des sanfte grünen und hügeligen Hinterlandes der geschichtsträchtigen Stadt Vicenza. Wir befinden uns in Venetien.

Hier bestaunen wir antike Bauwerke, tauchen in vergangene Jahrhunderte ein und genießen das Flair der italienischen Lebenskunst. Was könnte diese Vielfalt noch bereichern? Ein springender Wasserfall in einer Felsschlucht und eine Quelle, aus der ein berühmtes Wasser sprudelt?

Wie von Zauberhand eingefügt finden wir beides, wenige Kilometer hinter Valdagno in Recoaro Terme.

Da ist es kein Wunder, dass sich in dieser Gegend auch Märchen und Mythen zu Hause fühlen.

Es war einmal...

In einem kleinen Dorf nahe Valdagno, da lebte der Postbeamte Pietro mit seiner Frau Maria. Nach ihrer Hochzeit, die im Kreise der großen Familie gefeiert wurde, wünschte sich das Paar ein Kind, aber sie warteten einige Jahre vergeblich. Täglich besuchte Maria die Kirche der Heiligen Giuliana in Recoaro Terme und betete darum, schwanger zu werden.

Doch die Geduld der jungen Frau wurde auf die Probe gestellt. Erst nach sieben langen Jahren wurden ihre Gebete erhört. Der Himmel schenkte Pietro und Maria in den ersten Tagen des Frühlings ein Kind, ein gesundes Mädchen.

Sie nannten es Lucia, und gleich von Anfang an bemerkten ihre Eltern, dass die Kleine ein fröhliches Baby war.

Der Postbeamte und seine Frau waren dankbar und glücklich und freuten sich über dieses Himmelsgeschenk.

Auf der anderen Seite des Flusses Agno lebte ein Lehrer mit Namen Massimo. Er war verheiratet mit seiner bildschönen Frau Elena, die die feinsten Spitzenarbeiten des Tales herstellen konnte. Seit einigen Jahren freuten sie sich über ihre beiden Söhne Enno und Roberto, und nun, wenige Tage nach Lucias Geburt, brachte Elena ihr drittes Kind, ein Töchterchen zur Welt. Sie nannten das Mädchen Elisa und freuten sich über den Familienzuwachs.

Lucia und Elisa begegneten sich das erste Mal in der Schule, als die Lehrerin die beiden Mädchen nebeneinander in eine Bank setzte.

Das war der schicksalhafte Beginn einer besonderen Geschichte.

Der Anfang

Drei Tage saßen die beiden Mädchen in der Schule nebeneinander, ohne eine Silbe miteinander zu reden. Nur ein paar verstohlene Blicke wanderten hin und her, aber weder Lucia noch Elisa wagten es, ein Wort an die Tischnachbarin zu richten.

Der freundlichen jungen Lehrerin war dies nicht entgangen, und weil sie bemüht war, in der Schulklasse ein gutes Miteinander zu fördern, schickte sie die beiden Kinder in den Schulgarten. „Ich möchte gleich mit euch über ein paar Kräuter sprechen. Elisa und Lucia, ihr beide geht bitte zum Kräuterbeet und pflückt von jeder Pflanze ein paar Zweiglein ab.

Die beiden Mädchen erhoben sich von ihren Plätzen und begaben sich zum Pult der Lehrerin, um den Sammelkorb in Empfang zu nehmen.

„Tragt ihn zusammen!" riet die Lehrerin. „Wenn er voll ist, wird er schwer sein, dann ist es besser, wenn ihr beide gemeinsam darauf aufpasst."

Schweigend gingen die beiden Mädchen mit dem Korb nach draußen, liefen über den Schulhof und erreichten das Kräuterbeet, das duftend vor ihnen lag.

„Ich fange vorn an, und du beginnst von hinten", schlug Elisa vor.

„Nein, ich fange vorn an, und du beginnst von hinten", entgegnete Lucia.

„So geht das nicht", fand die Tochter des Lehrers. „Wenn wir uns so nicht einigen können, müssen wir es anders machen. Dann fangen wir eben beide in der Mitte an und arbeiten uns beide nach den Seiten hin zum Ende und zum Anfang vor."

„Genau das wollte ich auch gerade vorschlagen", antwortete die Tochter des Postbeamten. „Warum sollten wir uns auch wegen ein paar Kräutern streiten?!"

Sie stellten den Korb in die Mitte und trugen kleine Äste und Zweiglein herbei, emsig ernteten sie die zahlreichen Kräuter aus dem Beet.

Beim Pflücken der Kräuter begann Lucia eine Melodie zu

pfeifen, und kurz daraufhin fing Elisa an, ein Lied zu singen.

Etwa zur gleichen Zeit trafen sie sich wieder in der Mitte beim Korb und stellten fest, dass sie ihre Arbeit getan hatten.

„Das hast du gut hinbekommen", lobte Lucia ihre Mitschülerin.

„Du hast es nicht schlechter gemacht", antwortete Elisa.

Gemeinsam nahmen sie den Korb und trugen ihn in das Klassenzimmer, in dem die Lehrerin schon wartete.

„Ihr kommt gerade richtig mit dem Material, so können wir jetzt mit der Pflanzenkunde fortfahren." Als sie den vollen Korb bemerkte, lobte sie die beiden Mädchen. „Ihr habt eure Arbeit schnell und gut erledigt. Wie es scheint, kann man euch beiden gemeinsam wichtige Aufgaben erteilen."

Die beiden Mädchen freuten sich über das Lob, lächelten die Lehrerin an und blinzelten sich fröhlich zu.

Lucia und Elisa setzen sich auf ihren Platz, und danach verlief die Schulstunde wie gewohnt und ohne Störung weiter.

Als der Unterricht beendet war, eilten die Schulkinder nach draußen. Während die anderen Mitschüler eilig nach Hause liefen, blieben die beiden Kräuter-Pflückerinnen zögernd am Tor stehen.

Lucia trippelte verlegen von einem Bein auf das andere. „Wir können mal zusammen spielen."

„Wir können auch mal im Wald für unsere Eltern Kräuter sammeln", schlug Elisa vor. „Da gibt es noch ganz andere, die gar nicht in einem Beet wachsen."

„Das ist ein guter Gedanke", lautete die Antwort der Klassenkameradin. „Wir können uns am Ufer des Agnos treffen und von dort in den Wald gehen."

Die beiden Mädchen wurden sich einig und verabredeten sich für den Nachmittag.

*

So kam es, dass Lucia und Elisa noch am selben Tag beschlossen, Freundinnen zu werden, und sie nutzen den sonnigen Tag, um im Wald Kräuter zu sammeln.

Zu zweit wagten sie sich in das dunkelste Dickicht hinein, und bald gelangten sie an die Wasserfälle von Recoaro Terme. Während sie auf dem bisherigen Weg einige Worte gewechselt hatten, erkannten sie rasch, dass sie bei dem Brausen des Wassers keine Chance hatten, sich mit Worten zu verständigen. Sie blieben stehen und beobachteten das Naturschauspiel, das sich ihnen bot. Die tosenden Wassermassen stürzten über die steilen Felsen hinab in die Tiefe, um ihren Weg zu gehen und niemals mehr zurückzukehren.

Die feuchte, kalte Luft ließ die Mädchen frieren, und sie nahmen sich an den Händen und eilten aus der Schlucht heraus, ohne auf den Weg zu achten.

Als sie auf einer Waldlichtung angekommen waren, lagen Nebelschleier auf der Wiese, und die Kinder begannen, sich ein wenig zu fürchten.

Immer noch hielten sie sich fest an den Händen und sahen voll banger Erwartung auf die wogenden Nebelgestalten, die sie umringten.

Plötzlich trat ein seltsames Wesen aus dem weißen Gewebe, das sich beim Herankommen als junge Frau in einem langen Kleid entpuppte. „Ihr müsst euch nicht fürchten aus!" sagte die fremde Gestalt. „Ich bin die Fee Giovanna und kenne euch gut, denn mein Weg führt mich auch oft an euren Elternhäusern vorbei, besonders am Abend, wenn die Nebel den Tag zudecken und der Nacht Platz machen."

„Ich habe mich nicht gefürchtet", behauptete Lucia mutig. „Vor einer so schönen Frau muss man sich nicht fürchten."

Die Fee lächelte. „Das stimmt, vor mir muss sich keiner fürchten, ich kann manch einen guten Zauber bringen."

„Kannst du auch Wünsche erfüllen?" fragte Elisa erstaunt.

„Einige schon, vor allen Dingen die, die vernünftig und gut sind und keinem Menschen, keinem Tier und keiner Pflanze schaden."

„Das ist schön", freute sich Lucia. „Ich glaube, wir wünschen uns oft etwas, Elisa und ich."

„Ja, das kann sehr gut sein", stimmte Giovanna zu. „Aber kein Mensch darf sich bei einer Fee ständig etwas wünschen. Bei den meisten meiner Schwestern und Verwandten, darf sich ein Mensch im ganzen Leben nur einen einzigen Wunsch erfüllen lassen. Ich aber bin eine besondere Glücksfee, und wem ich helfen möchte, dem gewähre ich drei Wünsche in seinem ganzen Leben."

„Was muss man denn machen, damit du einem Menschen drei Wünsche erfüllst", erkundigte sich Lucia und sah die schöne Frau erwartungsvoll an."

„Einen Wunsch, den kann ich euch beiden jetzt schon schenken. Aber ich rate euch, euch diesen Wunsch gut zu überlegen. Also sagt mir jetzt nicht gleich etwas, sondern geht erst einmal nach Hause, denkt nach, schlaft einmal mit vielen Träumen über dieses ganze Erlebnis. Dann könnt ihr in ein paar Tagen wiederkommen, und ich kann euch einen Wunsch erfüllen. Aber wenn ihr schlau seid, dann hebt ihr euch den Wunsch auf und sagt ihn mir erst, wenn ihr groß seid."

„Warum sollten wir bis dahin warten?" erkundigte sich Elisa.

„Jetzt seid ihr klein und habt kleine Sorgen, aber wenn ihr groß seid, dann habt ihr große Sorgen. Da ist es dann besser angebracht, einen Wunsch an mich zu richten."

„Und wie ist es jetzt mit den anderen Wünschen? Können wir dir vielleicht dafür beim Kräutersammeln helfen? Darin sind wir wirklich gut, und wir kennen schon fast alle Kräuter, die hier in der Gegend wachsen."

Die Fee lächelte. „Das ist nicht so einfach. Wenn ich einmal eure Wunsch-Fee geworden bin, dann begleite ich euch das ganze Leben, und ich werde immer in eurer Nähe sein, wie ein Schutzengel. Und wenn ihr eine gute Tat tut, ein wirkliches Opfer bringt, dann habt ihr einen Wunsch frei."

Lucia freute sich. „Und wenn wir ganz viele gute Taten tun? Kannst du uns dann auch ganz viele Wünsche erfüllen?"

Giovanna schüttelte den Kopf. „Nein. Drei Wünsche, das ist schon sehr viel. Mehr Wünsche kann ich keinem Menschen erfüllen. Und wenn ein Wunsch unvernünftig ist, dann kann ich ihn auch verwehren."

„Dann müssen wir uns unseren Wunsch sehr gut überlegen", fand Elisa. „Da will ich nichts überstürzen."

„Ich wüsste schon einen Wunsch", freute sich die Freundin. „Ich denke, es wird eine ganze Menge Geld sein, das ich dann meinen Eltern schenke. Dann können sie sorgenfrei leben."

Sie hoffte auf eine Antwort der Fee, aber die war verschwunden und hatte nur einigen Nebel hinter sich zurückgelassen.

„Sie ist fort", stellte auch Elisa fest. „Aber ich glaube, das ist auch gut so. „Denn mit viel Geld kann man auch nicht alles kaufen. Hast du schon einmal gedacht, was passiert, wenn deine Eltern krank werden? Oder wenn du krank wirst? Vielleicht wünscht man sich besser viel Gesundheit."

Der Nebel lichtete sich, und die späte Nachmittagssonne blinzelte durch die Bäume.

„Ich werde es mir wirklich noch einmal reiflich überlegen", beschloss Lucia. „Ich hätte nie gedacht, dass es so schwierig ist, sich etwas Gescheites zu wünschen. Bisher habe ich mir dauernd etwas gewünscht. „Aber wenn einem nicht alle Wünsche erfüllt werden, dann muss man wohl bei der Fee recht sparsam damit umgehen."

Elisa sah in den Himmel. „Und jetzt ist es schon spät geworden. Ich muss nach Hause, meine Eltern werden vermutlich schon auf mich warten. Da gibt es immer viel zu tun, und ich muss helfen."

Lucia lächelte. „Dann solltest du dir vielleicht wünschen, eine Prinzessin zu werden, dann hast du ganz viele Dienstboten, die dir bei allem helfen."

„Wahrscheinlich werde ich die ganze Nacht wach liegen und überlegen, was mir wünschen soll."

„Lass dir Zeit damit!" riet ihr die Freundin. „Die Fee ist verschwunden, und wer weiß, wann wir sie einmal wiedersehen."

„Aber sie hat gesagt, sie sei wie ein Schutzengel immer in unserer Nähe. Da können wir sie sicherlich auch rufen, wenn wir ihr etwas zu sagen haben."

Die beiden Mädchen berieten noch eine Weile hin und her, während sie den Rückweg fortsetzten.

Zu Hause wurden sie schon erwartet und in die häuslichen Arbeiten eingespannt, und obgleich Elisa und Lucia nichts von ihrem Abenteuer erzählten, mussten sie doch ständig daran denken.

*

Am nächsten Tag trafen sich die beiden Mädchen in der Schule, aber dort wagten sie sich nicht, über ihr Erlebnis zu sprechen.

Erst am Nachmittag, als sie sich am Ufer des Agnos trafen, fragte Elisa die Freundin: „Hast du schon entschieden, was du dir wünschen wirst?"

Lucia schüttelte den Kopf. „Nein, es gibt einfach zu viele Wünsche, die mir in den Sinn gekommen sind. Ich kann mich einfach nicht entscheiden. Wie ist es dir ergangen?"

„Bei mir war es nicht anders. Meine Eltern könnten schon etwas mehr Geld gebrauchen. Aber woher weiß ich denn, wann es genug ist?"

„Ich finde es gar nicht so leicht, sich etwas zu wünschen", gestand auch Elisa. „Wir sollten uns wirklich eine Weile Zeit damit lassen."

„Am besten, wir vergessen es ganz", fand Lucia. „Diese vielen Gedanken an die Wünsche haben mich ganz verrückt gemacht. Am besten, wir vergessen all das erst einmal und spielen miteinander, wie das andere Kinder tun."

„Das ist eine gute Idee", stimmte die Freundin zu. „Wollen wir wieder Kräuter sammeln gehen?"

„Lass uns lieber hier an dem Fluss bleiben", schlug Lucia vor. „Ich möchte der Fee jetzt gar nicht begegnen. Wir könnten am Ufer einen kleinen Damm bauen und abwarten, was sich da alles so drin sammelt."

Elisa war damit einverstanden, und bald hatten sie einen kleinen Damm errichtet, an dem sich Blätter und kleine Hölzer ansammelten. Aus den Hölzern bauten sie kleine Flöße, die sie ein Stück weit im

Fluss schwimmen ließen und dann wieder herausholten.

Sie betrachteten die sanft dahingleitenden Wellen und freuten sich über die Schmetterlinge und Vögel, die im hellen Sonnenschein darüber hinwegflogen.

„Ich bekomme ein ganz merkwürdiges Gefühl", gestand Elisa. „Am liebsten möchte ich mit den Wellen fortschwimmen, auch einmal weg von hier."

Lucia sah die Freundin mit großen Augen an. „Das kann ich gar nicht verstehen, ich finde es wunderschön hier in diesem Tal. Es gibt doch hier alles. Hier haben wir den Fluss und die Wiesen, und oben sind die Berge. Die Stadt, in der man alles kaufen kann, ist auch sehr nahe, und unser Wasserfall ist dazu noch etwas Besonderes, ihn gibt es nicht überall, und er lockt viele Leute hierher."

„Ich möchte aber einmal noch viel mehr sehen", antwortete Elisa schwärmerisch. „Irgendetwas zieht mich in die Ferne. Und jetzt weiß ich, was ich tu."

„Jetzt machst du mich neugierig", gestand Lucia. „Willst du auf Wanderschaft gehen?"

„Nein, aber das nächste Floß, das ich baue, das werde ich nicht festhalten, sondern auf die Reise schicken. Und ich werde auch drei Wünsche mit hinausschicken, weithin bis in die große Welt."

Eifrig baute sie ein Floß, Lucia sah zu und fragte erwartungsvoll: „Auf deine Wünsche bin ich schon gespannt, willst du sie mir verraten?"

Elisa ließ die zusammengebundenen Hölzer ins Wasser gleiten. „Ich kann es dir verraten, ich habe mir Gesundheit für mich und meine Familie gewünscht, das war mein erster Wunsch. Mein zweiter Gedanke war, dass ich einmal von hier fortkomme, einmal reisen werde. Und dann habe ich mir noch einen Traumprinzen gewünscht, mit dem ich die ganz große Liebe erlebe."

„Dann werde ich jetzt auch ein Floß bauen", entschied Lucia. „Ich wünsche mir auch Gesundheit für mich und meine Familie, und ich wünsche mir immer so viel Geld zu haben, wie ich brauche. Als dritten Wunsch möchte ich einen guten Beruf haben, der mir Spaß macht und bei dem ich nette Menschen treffe."

Eilig baute sie die Hölzer zusammen und ließ sie ins Wasser gleiten. Beide Mädchen schauten zu, wie die Flöße von den Wellen fortgetragen wurden.

„Aber du hast dir keinen Mann bestellt", erinnerte Elisa die Freundin.

„Das muss man doch auch gar nicht", fand Lucia. „Einen Mann bekommen wir sowieso, alle beide. Das muss man sich nicht extra wünschen. Und Kinder werden wir auch haben, da bin ich ganz sicher.

Aber ich weiß nicht, ob das mit unseren eben davongeschwommenen Wünschen auch so funktioniert. Die Fee hat uns etwas ganz anderes gesagt."

„Wir können sie einmal fragen. Wollen wir sie rufen und nachhören, ob wir etwas falsch gemacht haben?"

Elisa nickte. „Ja, das ist besser. Dann kann sie uns auch gleich sagen, ob wir gute oder falsche Wünsche ausgesprochen haben. Sie wird uns sagen können, ob unsere Wünsche erfüllt werden können."

Beide Mädchen riefen nach der Fee, laut nannten sie mehrere Male ihren Namen und baten sie, sich als Gestalt zu zeigen.

Aber so oft sie auch den Namen „Giovanna" ausriefen, es blieb alles ruhig und still, es rührte sich nichts, und niemand zeigte sich.

„Vielleicht haben wir das neulich ja alles nur geträumt", überlegte Elisa. „Ich werde einmal den alten Pepi fragen, der wohnt in der Almhütte. Und eigentlich weiß er alles."

„Dann lass uns jetzt dorthin gehen", schlug Lucia vor, und die Freundin stimmte sofort zu.

*

Der Nachmittag war schon weit fortgeschritten, als die beiden Mädchen an der Almhütte ankamen. Draußen vor dem kleinen Gebäude saß der braungebrannte, bärtige Pepi und rauchte eine Pfeife.

Als der alte Mann mit dem faltigen Gesicht die beiden Mädchen sah, freute er sich, lud sie zu sich an den Tisch ein und servierte ihnen frische Milch.

„Das ist schön, dass ihr mich heute besucht. Habt ihr wieder einmal etwas auf dem Herzen?" fragte er schmunzelnd.

Elisa nickte. „Wir waren bei den Wasserfällen und sind von da aus in die Waldlichtung gekommen. Dort war es neblig, und plötzlich kam eine Fee, die sich Giovanna nannte. Sie hat uns erzählt, dass wir uns bei ihr etwas wünschen können, aber sie sagte uns auch, dass sie aufpasst, dass wir vernünftige Wünsche stellen. Da sind wir ein bisschen unsicher geworden, und es sind uns keine Wünsche eingefallen. Doch heute, am Ufer des Agnos, da fielen uns plötzlich gleich mehrere Wünsche ein, und die haben wir dann mit einem selbst gebastelten Floß mit den Wellen des Flusses auf die Reise geschickt."

Pepi hatte gut zugehört. „So habt ihr das alles gut gemacht, aber was wollt ihr jetzt von mir?"

„Wir möchten wissen, ob das alles so seine Richtigkeit hat mit der Fee, und auch, ob sich jetzt unsere Wünsche trotzdem erfüllen werden, obwohl wir sie nicht an Giovanna gerichtet haben."

„Von den Nebeln aus der Lichtung erzählt man sich viele Geschichten", wusste der alte Mann. „Manche

Leute behaupten, dass man dort anfängt zu träumen. Von der alten Giovanna haben schon so manche Menschen erzählt, die sie dort gesehen haben wollen. Aber manchmal lässt sie sich sehen und manchmal nicht. Man kann sie nicht zwingen."

„Und was ist jetzt mit unseren Wünschen?" erkundigte sich Lucia.

„Wenn man sich etwas wünscht, dann muss man immer daran glauben und hoffen, dass es wahr wird. Das ist ganz wichtig", teilte er den beiden Mädchen mit. „Ihr könnt also ganz zuversichtlich sein. Und bleibt schön brav, und seid nett zu euren Eltern, dann wird euch die gute Fee bestimmt noch einmal begegnen."

Die beiden Mädchen freuten sich und bedankten sich bei Pepi.

„Und ihr könntet auch etwas für mich tun", verriet ihnen der alte Mann. „Ich habe hier eine geschnitzte Figur, die hat sich die Marisa aus Recoaro gewünscht. Wenn ihr sie mit hinunternehmt, dann brauche ich morgen nicht ins Tal. Das wäre mir schon recht, denn ich habe noch viele andere Dinge hier zu tun."

Gern taten ihm Elisa und Lucia diesen Gefallen. Abwechselnd trugen sie den Rucksack mit der geschnitzten Madonna den Berg hinunter.

Am Fluss Agno angekommen trafen sie Roberta, eine Mitschülerin.

„Wollt ihr nicht zu Teresa mitkommen? Sie hat heute Geburtstag, und da gibt es Kuchen und Schokolade für alle Kinder, die vorbeikommen."

Elisa lehnte ab. „Nein, es ist schon spät, und wir müssen noch für den alten Pepi etwas erledigen. Aber grüße Teresa von uns! Sicher erwarten uns auch unsere Eltern schon. Es wird höchste Zeit für uns, alles zu erledigen. Pepi möchte, dass Marisa die Madonna bald bekommt."

Roberta lachte spöttisch. „Ihr seid wirklich dumm! Die Erledigung hat bestimmt noch Zeit, der alte Pepi sieht nicht, wann ihr das macht. Aber der Kuchen und die Schokolade, die sind bald aufgegessen, und ihr werdet nichts mehr davon bekommen."

„Wir werden trotzdem nicht hingehen", sagte Lucia bestimmt. „Hast du denn nicht verstanden, was Elisa gesagt hat?! Meine Freundin und ich, wir haben es dem Pepi versprochen, und was man versprochen hat, das muss man auch halten."

„Ihr seid wirklich verrückt", fand Roberta und lachte spöttisch. „Euch ist nicht zu helfen." Eilig rannte sie davon.

„Ob wir jetzt etwas Gutes getan haben?" wandte sich Lucia fragend an die Freundin. „Wir haben uns von Roberta nicht verführen lassen, vom Weg abzugehen. Vielleicht würde uns Giovanna jetzt dafür einen Wunsch erfüllen."

„Ich glaube nicht", antwortete Elisa betrübt. „Wir haben nichts besonders Gutes getan, denn es ist ganz selbstverständlich, dass man sein Wort hält, wenn man etwas versprochen hat. Trotzdem war es gut, dass wir uns nicht von Roberta überreden ließen. Und jetzt ist es tatsächlich schon spät, wir müssen uns sehr beeilen."

Im Dauerlauf eilten sie zu Marisa und übergaben ihr Pepis Päckchen. Die alte Dame bedankte sich bei den beiden Mädchen mit einem Riegel Schokolade, über den sich die Kinder sehr freuten.

Elisa und Lucia erreichten ihr Zuhause gerade noch rechtzeitig vor dem Abendessen.

Von diesem Tag an trafen sich die beiden Freundinnen in den nächsten vier Jahren fast täglich.

Fünf Jahre später

Lucia und Elisa waren nun zwölf Jahre alt und besuchten verschiedene Schulen in unterschiedlichen Orten. In ihren neuen Schulklassen hatten beide auch neue Freundinnen gefunden, mit denen sie sich jetzt nachmittags trafen, um Schulaufgaben zu erledigen oder anderen Beschäftigungen nachzugehen.

An die kleinen Holzboote dachten die beiden Mädchen schon lange nicht mehr, denn sie hatten beide große Pläne für die Zukunft und waren bestrebt, ihre Ziele zu erreichen. Eines Tages trafen sie sich zufällig vor der Pizzeria des Hotels Roma in Valdagno, und sie blieben beide stehen, um ein paar Worte miteinander zu wechseln.

„Was machst du so?" wandte sich Lucia an die Freundin aus Kindertagen.

„Ich gehe natürlich fleißig in die Schule, wie du auch. Aber daneben habe ich noch Klavierunterricht, gehe in die Ballettschule und ab und zu ins Kino. Und du?"

„Bei mir ist es so ähnlich. Für die Schule muss ich eine ganze Menge tun, auch nachmittags. Ins Kino gehe ich ebenfalls mit meinen Freunden ab und zu, und dann verdiene mir schon ein bisschen Taschengeld bei meiner Patentante, die hat allerlei für mich zu erledigen, so einigen Papierkram, um den ich mich kümmere. Besuchst du eigentlich ab und zu noch einmal den alten Pepi?"

„Der alte Pepi ist leider gestorben", wusste Elisa. „Ich bin sehr traurig und deswegen seit einiger Zeit nicht mehr dort hinaufgegangen, obwohl es mich schon dort oben hinzieht auf die grüne Alm mit der herrlichen Aussicht und den duftenden Wiesen."

„Sollen wir einmal zusammen dorthin gehen?" schlug Lucia der Freundin vor.

„Oh ja! Darüber würde ich mich sehr freuen. Marisa lebt übrigens auch nicht mehr, aber sie hat mir die Marienfigur vererbt, die wir damals von Pepi bekommen und ihr vorbeigebracht haben. Erinnerst du dich noch?"

Das junge Mädchen lächelte. „Natürlich! Mein Gedächtnis ist noch völlig in Ordnung. Ich erinnere mich auch daran, dass Roberta uns abhalten wollte, weil es einen Geburtstag bei einer Klassenkameradin gab und Schokolade, die sie uns dort in Aussicht stellte. Die haben wir später von Marisa bekommen. Wie eigenartig das Schicksal doch manchmal spielt. Es geht seine eigenen Wege."

„Glaubst du an Schicksal?" fragte Elisa mit einem Augenzwinkern.

„Ich weiß nicht so recht. Ich möchte lieber, dass ich mein Leben selbst bestimmen kann. Aber meine Eltern sagen immer, dass alles vorbestimmt ist, und dass Gott genau weiß, was für uns gut ist."

„Das erzählen meine Eltern auch immer, und sie sagen auch, dass er uns nicht nur Gutes schickt, sondern auch viele Aufgaben und Prüfungen. Ich glaube aber schon an das Schicksal, egal woher es kommt. Wahrscheinlich wird es uns auch von Gott geschickt."

„Erinnerst du dich auch noch an Giovanna, die uns im Wald begegnet ist, auf der Lichtung hinter dem Wasserfall?

Elisa lächelte. „Manchmal denke ich, wir beide haben wirklich nur geträumt. Diese Nebel auf der

Wiese waren so verwirrend. Und diese weißen Schleier sahen alle aus wie Figuren. Vielleicht haben wir uns das Ganze nur eingebildet und ein bisschen fantasiert."

„Auf jeden Fall haben wir uns gefürchtet, obwohl wir doch einer guten Fee begegnet sind. Es war alles schon etwas unheimlich dort. Wie seltsam, dass uns damals nicht auf Anhieb gute Wünsche eingefallen sind. Heute wüsste ich schon, was ich mir wünschen soll."

Elisa seufzte. „Ich erinnere mich noch gut an unsere Holzboote, diese kleinen Flöße, die wir auf die Wellen des Agnos gesetzt haben. Ich möchte gern einmal wissen, was mit ihnen geschehen ist. Ob sie wohl zum Meer gefunden haben, irgendwo bei Venedig vielleicht?"

Lucia lachte. „Das kann ich mir nicht vorstellen. Sicher wird das Holz irgendwo hängen geblieben sein, vielleicht schon bei Recoaro. Aber unsere Wünsche. Was mag wohl mit denen geschehen sein?"

„Immerhin bin ich bis jetzt gesund geblieben, und meine Eltern sind es auch noch", berichtete Elisa. „Gereist bin ich noch nicht viel, zweimal mit der Schule bis nach Mailand und Verona, und einmal mit meiner Tante bis Rom."

Die Freundin staunte. „So weit bist du schon gekommen? Bei mir hat es nur bis Vicenza gereicht. Aber ehrlich gesagt, fühle ich mich zu

Hause auch sehr wohl. Ich bin wohl nicht so der Reisemensch."

„Es ist schade, dass wir uns so aus den Augen verloren haben. Es war eine schöne Zeit, damals, als wir jeden Tag miteinander gespielt haben."

„Das finde ich auch", stimmte Lucia zu. „Daran müssen wir unbedingt etwas ändern. Wir sollten uns ab und zu treffen und auch wieder etwas gemeinsam machen."

Elisa nickte. „Ich freue mich. Dann fangen wir gleich mit unserem Spaziergang zur Almhütte an. Wann hast du Zeit?"

„Am besten gehen wir gleich morgen. Ich hatte zwar etwas anderes vor, aber das kann warten. Dann können wir uns ein bisschen an die alten schönen Zeiten erinnern."

Da der Termin beiden Mädchen passte, verabredeten sie sich für den nächsten Nachmittag.

*

Wie damals dufteten die Wiesen nach Blumen und Bergkräutern. Am azurblauen Himmel zogen kleine weiße Wolken dahin und schienen die beiden jungen Mädchen auf ihrem Weg zu begleiten.

Munter schritten sie voran, und die alten Zeiten schienen wieder aufzuleben.

„Ich habe gar nicht mehr gewusst, wie schön es hier oben ist", freute sich Lucia.

Elisa lächelte, und ihre Augen strahlten. „Ich komme mir wieder vor wie ein kleines Mädchen. Schau nur! Dort oben fliegt unser alter Freund, der Wanderfalke."

Beide schauten dem großen Vogel nach, der mit majestätisch schwingenden Bewegungen über ihnen schwebte.

Eine Weile beobachteten sie den Meister der Lüfte, und als er in die Ferne flog, bemerkten die Mädchen, dass ein altes Mütterchen vor ihnen stand.

„Seid willkommen hier oben auf der Alm!" begann die Fremde. „Ich bin die Renata und wohne in der Almhütte meines Bruders. Pepi ist ja vor einiger Zeit von uns gegangen, und deswegen bewirtschafte ich seine Hütte."

Elisa freute sich. „Das ist schön, dass jetzt hier wieder jemand wohnt, da kommt man gern wieder hier herauf."

„Kommt nur so oft wie ihr wollt! Ihr seid immer herzlich willkommen. Eine Milch habe ich immer für euch, es ist alles noch so wie beim alten Pepi. Ihr kommt auch gerade recht, denn gestern war eine Frau hier, die nannte sich Giovanna, und sie hat mir etwas für euch aufgetragen."

„Giovanna?" fragten beide Mädchen wie aus einem Mund. Sie führte die jungen Mädchen an den Tisch und servierte ihnen Milch.

„Ja, so nannte sich die hübsche junge Frau. Sie sagte, ihr solltet immer daran denken, was sie euch einmal gesagt hat."

Die beiden Mädchen sahen sich staunend an und riefen sich die Begegnung mit der Fee wieder in Erinnerung.

„Hat sie noch etwas gesagt?" erkundigte sich Elisa.

Renata nickte. „Sie sagte, ihr beide seid durch ein besonderes Schicksal miteinander verbunden, und ihr müsstet sehr tapfer sein."

„Das verstehe ich nicht", gestand Lucia. „Das Schicksal war bis jetzt sehr gütig mit uns, denn wir sind gesund und munter und lernen gerade fleißig in der Schule. Auch in unseren Familien geht alles seinen Gang."

Elisa überlegte. „Vielleicht meinte sie, weil wir Freundinnen waren, und uns ein wenig aus den Augen verloren haben?"

„Ich weiß nicht, was diese Giovanna meinte. Ich habe ihre Worte auch nicht verstanden. Aber sie sagte, ihr würdet sie schon verstehen. Sie war auch nur ganz kurz da, hat mir ein paar Kräuter von oben, vom Monte Pasubio gebracht, und ist dann direkt wieder weitergegangen."

„War sie denn eine junge Frau oder eine Fee?" möchte Lucia wissen.

Renata wiegte den Kopf hin und her. „Wer kann das wissen? Sie sah aus wie eine schöne junge Frau und trug ein besonders feines Kleid, mit dem man eigentlich sonst nicht in die Berge steigt. Da dachte ich, sie sei vielleicht eine Fremde und kennt sich hier nicht so aus. Aber dann sah ich, dass sie den Weg recht gut kannte und geradewegs zu den Alpenrosen wanderte. Vielleicht war sie eine Frau, aber vielleicht war sie auch eine Fee. Woher kennt ihr sie denn?"

Lucia hatte Zutrauen zu der älteren Frau gefasst und erzählte ihr die ganze Geschichte von der Begegnung mit Giovanna.

„Dann wird es wohl eine Fee gewesen sein", glaubte nun auch Renata. „Denn im Tal des Agnos und auch ringsherum in den kleinen Dolomiten leben noch die Naturgeister und Feen besonderer Art. Das liegt daran, dass selbst die Menschen hier die Natur achten und schützen."

„Aber warum haben wir diese Fee dann nur einmal gesehen", wollte Lucia wissen. „Sie hatte doch behauptet, dass wir sie rufen können, wann wir wollen. Und sie hat uns auch versprochen, dass sie uns mindestens einen Wunsch erfüllt, wenn er einigermaßen vernünftig ist."

„Ich denke, sie war dabei, als ihr die hölzernen Schiffe ins Wasser gelassen habt, und ich glaube, dass sie eure Wünsche sehr ernst genommen hat. Sie hat sich euch nicht nur gezeigt, sie hat auch mit euch gesprochen und euch freigestellt, Wünsche auszusprechen. Ihr seid begnadet, weil sie euch ausgewählt hat."

Die beiden jungen Mädchen staunten und sahen Renata aufmerksam an.

„Woher weißt du so viel darüber?" erkundigte sich Elisa.

„Auch mir ist früher einmal eine Fee begegnet. Ich traf sie vor langer Zeit, als ich ein verletztes Tier gesund gepflegt habe. Die Fee schenkte mir eine seltene Pflanze, ein Kraut, das gesundheitsfördernd ist, wenn man einen Tee daraus zubereitet. Dazu sagte sie mir, dass ich hundert Jahre alt werde. Jetzt bin ich siebzig, und bis jetzt noch rüstig."

„Das ist schön", findet Lucia. „Dann hast du noch dreißig Jahre zum Leben."

„Ja, wenn Gott es zulässt", antwortete die ältere Frau. „Ich denke, hier oben lässt es sich gut leben. Die Luft ist gesund, und man kann sich ebenso gesund ernähren. Ein solches Getriebe und eine solche Hektik wie in der Stadt, das gibt es ja hier auch nicht. Das sind schon einmal gute Voraussetzungen für ein langes Leben."

„Hast du schon von vielen Leuten gehört, die hier Begegnungen mit Naturgeistern hatten?" fragte Elisa interessiert.

„Nein, die Feen lassen sich nur von den Menschen erkennen, die mehr sehen wollen als das, was das Auge erblicken kann. Ihr gehört zu den wenigen Auserwählten, und daher solltet ihr immer wachsam sein."

„Wie meinst du das?" erkundigte sich Lucia.

„Wenn es um Entscheidungen in eurem Leben geht, dann überlegt gut, prüft erst euren Kopf und eure Gefühle, und lasst euch nicht von anderen Menschen verleiten, etwas zu tun, dass ihr nicht wollt."

„Ich bin ganz sicher, dass wir bereits so leben", antwortete Elisa fröhlich.

„Davon bin ich auch überzeugt", stimmte ihr die Freundin zu. „Wir wissen schon genau, was wir tun."

Renata sah die beiden jungen Mädchen zufrieden an. „Das ist gut., Ich gehe jetzt noch ein wenig weiter hinauf in die Berge, um Kräuter zu sammeln. Lasst euch bald wieder einmal sehen! Ich wünsche euch jetzt noch einen guten Heimweg, Gott behüte euch!"

Die beiden Mädchen nahmen Abschied und wanderten singend ins Tal zurück.

„Du magst auch die Musik, nicht wahr?" erkundigte sich Eliza bei ihrer Freundin.

„Nicht jede, aber ich tanze auch sehr gern. Wir können in den nächsten Tagen einmal zusammen tanzen gehen", schlug Lucia vor.

Die beiden wurden sich einig und verabredeten sich für einen der nächsten Samstage zum Ausgehen.

*

Aus dem Treffen wurde jedoch nichts, denn das Schicksal zeigte ihnen andere, ganz neue Wege.

Eine Woche nach der Bergwanderung starb Lucias

Großmutter, in der Familie herrschte große Trauer. Fast ein Jahr lang traute sich Lucia kaum noch aus dem Haus, selbst die Schule besuchte sie nicht mehr regelmäßig. Die Eltern machten sich eine Weile große Sorgen um ihre Tochter. So erlaubten sie dem jungen Mädchen dann, mit sechzehn die Schule zu verlassen und zu Verwandten nach Brunico (in deutscher Sprache Bruneck) zu ziehen. Dieser malerische Ort liegt im Pustertal, ganz nah an dem berühmten Sella Massiv, einer Gebirgsformation in den Dolomiten.

Auch bei Elisa ereigneten sich unvorhergesehene Dinge. Eine ältere Tante brauchte dringend Hilfe aus der Familie. So wurde das junge

Mädchen zu ihrer Verwandten ebenfalls ins Pustertal geschickt, in den kleinen Ort Luttago, der in Deutschland auch Luttach genannt wird. Dort half die junge Dame ihrer Tante im Hotelbetrieb.

Fast erwachsen

Elisa fühlte sich bei Tante Giuseppina sehr wohl und half ihr gern bei allen Arbeiten im Hotel. Sie stellte sich bei den verschiedenen Arbeiten sehr geschickt an und zeigte, dass sie Freude hatte, der etwas kränklichen Frau zu helfen.

Beim Personal war die junge Frau gut angesehen, und man akzeptierte sie als Juniorchefin, während der alte Onkel im Rollstuhl häufig schimpfte und seine schlechte Laune an jedem, auch an Eliza und dem übrigen Personal ausließ.

Enno, fast zwanzig Jahre älter als seine Frau hatte einmal Rennfahrer werden wollen, doch er hatte keine Möglichkeit gesehen, seine Träume verwirklichen zu können. So trauerte er seinem verlorenen Erfolg nach und versuchte durch seine unangenehmen Äußerungen die Aufmerksamkeit auf sich zu lenken.

Elisa hatte bald heraus, wie man ihn behandeln musste, um ihn zu beruhigen. Häufig achtete sie darauf, dass er mit Tabak und Kräuterlikör gut versorgt war und auch in Ruhe seine Nickerchen machen konnte, ohne aufzufallen.

Die herzensgute Giuseppina nahm sich die Launen ihres Ehemannes sehr zu Herzen und ließ sich zuweilen in Hektik treiben, aber auch da fand ihre Nichte eine Lösung, indem sie die Tante ab und zu mit Tee und einem süßen Gebäck beruhigte.

Zu Elisas sechzehntem Geburtstag hatte die Köchin Leonora einen großen Kuchen gebacken, und alle, die im Hotel angestellt waren, durften am Nachmittag gemeinsam mit dem Geburtstagskind und der

Tante auf der Terrasse einen Tee trinken.

Das gesamte Personal sang ein fröhliches Lied für die junge Frau, beglückwünschte sie und ließ sie hochleben. Als sie geendet hatten und alle Anwesenden laut Beifall gezollt hatten, drang die melodische Stimme eines einzelnen Mannes an Elisas Ohr.

Der Fremde sang voller Gefühl das alte italienische Liebes-Lied: „Parla più piano…", das von einem Pärchen erzählt, das sich heimlich und in aller Stille liebt.

Erstaunt sah die junge Frau den schönen Fremden an, hörte ihm gebannt zu und verliebte sich augenblicklich in ihn.

Während er sang, wandte er seine Augen keine Sekunde lang von der jungen Frau ab, gefühlvoll hielt er ihren Blick fest und knüpfte ein Seelenband, das beide zueinander zog und sie fesselte.

Nachdem der letzte Ton des Liedes verklungen war und ihm alle mit reichlichem Applaus gedankt hatten, verschwand er plötzlich, und Elisa überlegte sich, ob sie sein Erscheinen nicht nur geträumt hatte.

Doch die Köchin Leonora, die neben ihr saß, ergriff den Arm des Geburtstagskindes. „Sag mal, kennst du den, der dir eben solch ein großartiges Ständchen gebracht hat?"

Eliza schüttelte den Kopf. „Nein, ich habe ihn noch nie gesehen, und ich weiß auch nicht, wer er ist."

„Das ist schon seltsam. Da kommt so ein schöner Prinz daher, singt für dich ein Liebeslied und verschwindet wieder. Das ist wie im Märchen, obwohl dort meist die Prinzessinnen verschwinden und nicht auffindbar sind. Doch die lassen wenigstens ihren Schuh zurück. Unser Prinz Caruso hat bestimmt keinen Schuh zurückgelassen."

Die junge Frau seufzte. „Hat er bestimmt nicht. Das wäre auch zu schön gewesen. Und du hast es schon richtig erkannt, er singt so zauberhaft wie Caruso. Noch schöner beinahe. Was gäbe ich darum, zu wissen, wer er ist."

Leonora schmunzelte. „Er hat dich so verliebt angeschaut, er wird bestimmt wiederkommen."

„Das wäre traumhaft und wie ein Wunder. Ich wünschte, ich könnte zaubern, dass er zurückkommt!"

„Wunder können wahr werden", glaubte die Köchin. „Du musst nur fest daran glauben! Außerdem sieht es für mich sehr deutlich aus: Du hast dich in ihn verliebt, und er hat dir ein Liebeslied gesungen, seine Blicke waren dabei eindeutig auf dich gerichtet. Also benötigst du nur noch ein kleines Wunder, um weitere Ereignisse in die Wege leiten zu können."

Elisa seufzte. „Ich wünschte, du hättest recht!"

In diesem Augenblick erschien Vanni, der kleine Junge aus der Nachbarschaft und übergab dem Geburtstagskind einen Zettel mit den Worten: „Das ist für dich. Ein Mann hat mir diese Nachricht für dich gegeben."

Rasch ergriff Elisa das Papier und las: „Ich warte auf dich an den drei Tannen. Bitte lass mich nicht zu lange warten! Dein Vittorio".

Die junge Frau drückte den Brief an ihre Brust. „Ich weiß gar nicht, was ich sagen soll. Ich bin so glücklich, ich könnte in die Luft springen vor Freude. Ist das wirklich wahr, oder träume ich?"

Leonora lächelte. „Manche Menschen haben das Glück, dass ihre Träume wahr werden, und du gehörst offenbar dazu. Glaubst du, dass dieser Fremde der Richtige für dich ist? Möchtest du mit ihm dein ganzes Leben verbringen?"

Elisa nickte eifrig „Ja, das möchte ich. Ich fühle es tief in mir, dass er der Mann ist, den mir der Himmel geschickt hat, denn solch ein Glücksgefühl habe ich noch nie erlebt."

Die Köchin horchte auf. „Du warst noch nie verliebt?"

„Ich war schon oft verliebt, auch, als ich noch in die Schule ging", erinnerte sich die junge Frau. „Aber das, was ich jetzt empfinde, kann ich dir gar nicht mit Worten beschreiben. Seit ich Vittorio gesehen habe, seit er mir begegnet ist, habe ich das Gefühl, dass ich am Ziel angekommen bin und dass mir nichts Schöneres mehr begegnen kann. Als sich unsere Blicke trafen, da spürte ich, dass er meinem Leben den Glanz gibt, den ich immer gesucht habe. Kannst du dich erinnern, dass ich dir einmal von meinem Fernweh erzählte?"

Leonora schmunzelte. „Davon erzählst du doch jeden Tag."

„Siehst du?! Mir hat immer etwas gefehlt. Ich fühlte mich wie ein halber Mensch, und hatte immer das Bedürfnis, irgendwohin zu gehen, wo ich das finden kann, was mir fehlt. Aber als ich Vittorio sah, da wusste ich es direkt. Wenn er da ist, muss ich nirgendwo hingehen. Bei ihm bin ich angekommen, da bin ich zu Hause."

„Das klingt sehr schön", fand die Köchin. „Das klingt wirklich nach einer besonderen, nach einer großen Liebe. Und ich wünsche dir von ganzem Herzen, dass es auch so ist, wie es scheint. Dieser Fremde ist ein schöner Mann, und ich denke, viele Frauen würden sich gern mit ihm befreunden. Ich hoffe, dass seine Gefühle zu dir nicht nur genau so tief sind, wie deine, sondern auch genauso fest im Herzen und in der Seele verankert sind."

Elisa blickte in den Himmel. „Ich weiß es ganz genau. Vittorio und

ich, wir beide sind füreinander
bestimmt."

*

Wenige Minuten später eilte Elisa mit klopfendem Herzen zu den drei Tannen, die unweit des Hotels standen.

Ob Vittorio dort sein würde, oder hatte sich jemand mit ihr nur einen schlechten Scherz erlaubt?

Doch ein unbestimmtes Gefühl zog sie zu dem verabredeten Ort. Ihr Herz ahnte, dass sie von einem magischen Band geführt wurde.

Als die junge Frau die Baumgruppe erreicht hatte, entdeckte sie den großen jungen Mann, der ihr sehnsüchtig entgegenblickte.

Er ergriff ihre Hand und zog sie an sich. „Auf dich habe ich mein ganzes Leben gewartet. Als ich dich sah, hatte ich das Gefühl, dass ein Traum wahr wird, den ich schon immer geträumt habe. Wir dürfen uns nie wieder aus den Augen verlieren."

Mit strahlenden Augen sah sie ihn an. „Ich bin so glücklich, wie noch nie in meinem Leben. Als ich dich sah, während du mit deiner klangvollen Stimme dieses wunderschöne Liebeslied gesungen hast, da erkannte ich, dass du der Mann meiner Träume bist."

„Ich möchte, dass wir immer zusammenbleiben", gestand er ihr und küsste zärtlich ihre Hand. „Leider muss ich noch einmal fort, weil ich noch etwas zu erledigen habe. Aber ich komme wieder, ich muss dich wiedersehen, noch heute

Abend, wenn der Mond über den Bergen aufgeht. Wirst du kommen?"

Sie seufzte. „Ich werde es auf jeden Fall versuchen. Bei uns im Hotel ist heute Abend sehr viel Betrieb, denn es ist Tanzabend. Da kommen Gäste, um sich zu amüsieren. Aber ich werde Leonora bitten, mich einen Moment zu vertreten, damit ich wenigstens für ein paar Minuten Zeit bekomme."

Seine Augen flehten sie an. „Bitte versuche, es möglich zu machen! Ich muss dich unbedingt wiedersehen. Und damit kann ich nicht so lange warten. Versprich mir, dass wir uns nie aus den Augen verlieren werden."

„Ich verspreche es", sagte sie leise aber mit fester Stimme.

Noch einmal küsste er sanft ihre Hand, dann legte er den Arm um ihre Schultern. „Ich werde dich zum Hotel führen, denn ich möchte dich jetzt nicht so allein stehenlassen."

„Es ist schon gut", antwortete sie sanft. „Ich weiß, dass du jetzt fortmusst, und auch ich darf nicht zu lange wegbleiben und werde jetzt nach Hause eilen."

Tief sah er ihr noch einmal in die Augen. „Bis bald! Und vergiss mich nicht! Ich werde jede Sekunde an dich denken."

Als sie ihre Hand aus der seinen zog, hatte sie das Gefühl, im ganzen Körper einen Trennungsschmerz zu spüren. Rasch drehte sie sich um und eilte mit schnellen Schritten zum Hotel zurück.

*

Elisa hatte erneut das Gefühl, einen Traum zu erleben. War das alles wirklich geschehen? Mit einem Mal erinnerte sie sich an ihren Wunsch, den sie als Kind ausgesprochen und mit dem hölzernen Floß auf dem Agno über die Wellen geschickt hatte.

Damals hatte sie sich einen Traum-Prinzen und die ganz große Liebe gewünscht.

Und nun? Jetzt war ihr Wunsch wahr geworden. Sie spürte es mit ihrem Herzen, mit allen Fasern ihres Körpers, dass ihr dieser Mann schicksalhaft begegnet war, und dass er in ihrem Leben die wichtigste Rolle spielen sollte.

In heller Aufregung lief sie zu Leonora. „Ich bin so glücklich", gestand sie ihr. „Das habe ich zwar früher schon geträumt, aber ich hätte es mir nie träumen lassen, dass es einmal wahr wird."

Die Köchin schmunzelte. „Du bist ja sowas von verliebt! Aber es ist schön, freue dich daran! Etwas Derartiges zu erfahren ist ein großes Geschenk."

„Oh ja, das spüre ich auch", antwortete Elisa und hüpfte vergnügt im Raum herum. „Ich könnte die ganze Welt umarmen. Am liebsten möchte ich von nun an immer mit Vittorio zusammen sein. Aber er hatte noch irgendetwas zu erledigen, bevor wir uns heute Abend treffen können. Wirst du mich für ein paar Minuten vertreten?"

Leonora seufzte. „Schade, dass heute das große Tanzfest ist. Da gibt es sehr viel zu tun, denn der Saal ist jedes Mal voll, wenn dieses Ereignis stattfindet. Aber ich werde deinem Glück nicht im Weg stehen. Auf jeden Fall werde ich, wenn ich in der Küche nicht mehr gebraucht werde, ein paar Minuten in den Saal kommen und dich vertreten."

„Versprichst du mir das?" fragte die junge Frau erwartungsvoll.

„Ja, das verspreche ich dir. Und ich hoffe, dass du dein Glück auch wirklich bei diesem jungen Mann findest. Ich möchte dir jetzt nicht die Freude verderben, aber verliebt zu sein, das ist nicht alles. Das Leben hat schwere Aufgaben, und wenn man die zu zweit durchstehen will, muss man sehr stark sein."

„Aber das weiß ich doch! Ich bin doch kein kleines Kind mehr", beruhigte Elisa die Freundin. „Ich bin in einfachen Verhältnissen groß geworden, da gab es immer viel Arbeit, aber auch viel gesunden Menschenverstand. Ich habe immer getan, was notwendig war. Nur in der Liebe, da bin ich ganz anspruchsvoll. Ist das etwa zu viel verlangt?"

„Nein, meine Liebe! Man kann bescheiden sein und trotzdem bestimmte Ansprüche haben, die man sich für sein Lebensglück wünscht. Und oft muss man für sein Glück auch sehr viel tun und vorsichtig sein, denn es ist zerbrechlich wie Glas."

„Oh ja, das weiß ich doch alles", sagte Elisa leichthin und tanzte weiter im Raum umher. „Aber jetzt will ich mein Glück genießen und es auch festhalten."

Die Köchin nahm die Freundin in den Arm. „Ich freue mich mit dir. Und jetzt wollen wir schön fleißig vorarbeiten, damit dein Plan nachher gelingt und du dich zu deinem Treffen für eine kurze Zeit entfernen kannst. Komm hilft mir! Wir wollen uns beeilen."

*

Am Abend füllte sich der Tanzsaal, immer mehr Gäste strömten in den großen Raum, und Elisa und ihre Kollegen hatten viel zu tun, die Anwesenden zufriedenzustellen.

Der Abend war schon etwas fortgeschritten, als Leonora endlich Zeit fand, die Freundin abzulösen und ihre Arbeit zu übernehmen.

„Ich habe mich zwar sehr beeilt, aber du siehst ja, was hier los ist. Es tut mir leid, dass ich nicht früher aus der Küche wegkam."

Elisa atmete auf. „Hauptsache ist doch, dass du überhaupt kommst. Ich hoffe, dass nun alles Weitere klappt! Ich werde mich jetzt beeilen und hoffe, dass Vittorio auf mich gewartet hat."

„Wenn er dich liebt, dann wird er auch auf dich warten", tröstete die Freundin. „Und jetzt mach, dass du loskommst!" Sie gab ihr einen freundschaftlichen Klaps auf den Rücken.

Elisa eilte davon und kam atemlos an dem vereinbarten Treffpunkt an. Da es dunkel war, sah sie zunächst einmal nichts. Aber plötzlich schob sich der Mond hinter den Wolken hervor, und die junge Frau erkannte Vittorio, der neben den Tannen auf sie wartete. Als er sie erkannte, breitete er seine Arme aus, und sie flog eilig hinein. In dieser Umarmung fühlte sich die junge Frau wohl, das Glücksgefühl strömte durch ihren Körper, ließ ihr Herz beben und ihren Kopf schwindlig werden.

Ach, würde er sie doch nie mehr loslassen! Sie wünschte sich, die Zeit anhalten zu können.

Als er sie losließ, schien der Mond hell über ihnen. Vittorios Augen leuchteten, und seine Stimme klang liebevoll und warm, als er zu ihr sprach: „Ich wünsche mir, dass du meine Frau wirst. Weil ich dich so liebe und hoffe, dass du auch Gefühle für mich hast, habe ich dir einen Ring mitgebracht. Der soll dir sagen, dass ich dich ewig lieben werde."

Er zog einen goldenen Ring aus der Jackentasche-Tasche und steckte ihn ihr an den Finger. „Möchtest du ihn behalten, als Zeichen meiner tiefen Gefühle?"

Elisa nickte und hauchte ein leises „Ja". In ihren Augen standen Tränen, die ihren Blick noch stärker leuchten ließen.

Als er sie an sich zog und küsste, schien sich der Himmel um sie herum zu schließen. Die Welt draußen versank in Wolken, die davonsegelten, und das liebende Paar fühlte sich auf der Insel ihrer Gefühle, auf der sie leidenschaftliche Küsse und Zärtlichkeiten tauschten.

Noch nie hatte sich die junge Frau so lebendig, so glücklich gefühlt. Es war so, als hätte Vittorio sie zu einem neuen Leben erweckt. Dennoch befand sie sich in einem Glücks- Taumel, einem Rausch, der einem traumähnlichen Zustand glich.

Als sie ein wenig zur Besinnung kam, erinnerte sie sich daran, dass man im Hotel auf sie wartete, und sie löste sich sanft aus seinen Armen.

„Ich muss leider wieder zurück", gestand sie ihm. „Man braucht mich daheim, denn es gibt dort viel Arbeit für mich zu erledigen."

Er streichelte ihr sanft die Wange. „Das verstehe ich, Liebste. Auch ich kann nicht bleiben, und muss fort, weil mich der Dienst gerufen hat.

Aber wir werden uns wieder sehen, das verspreche ich dir. Es geht gar nicht anders, weil wir beide uns so sehr lieben."

Sie nickte. „Ja, das fühle ich auch. Wo ich auch immer bin, mein Herz, das bleibt bei dir."

Noch ein einziges Mal küsste er sie, leidenschaftlich und innig, dann nahmen sie voneinander Abschied, trennten sich und eilten in verschiedene Richtungen davon.

Dankbar und glücklich machte sich Elisa auf den Heimweg. Unentwegt dachte sie an Vittorio, seine Küsse seine Zärtlichkeiten, und sie malte sich eine goldene Zukunft mit ihm aus, in der sie sich täglich mit Liebe begegnen sollten.

*

Ein anderer Weg

Doch das Schicksal hatte eigene Pläne, die nicht so aussahen, wie es sich Elisa vorgestellt hatte.

Die Tage vergingen, ohne dass Elisa etwas von ihrem Liebsten hörte oder sah. Am Anfang zehrte sie noch von der Erinnerung ihrer glücklichen Umarmungen.

Nach vielen bangen Stunden voller Erwartung, wurde die Hoffnung der jungen Frau geringer. Bald zweifelte sie daran, ihren Verlobten jemals wieder zu sehen. Dennoch wartete sie Tag für Tag unentwegt auf eine Nachricht von ihm.

Als aus den Tagen Wochen wurden, fing sie an, unruhig zu

werden und an seiner Wiederkehr ernsthaft zu zweifeln.

Leonora, die von ihrer geheimen Liebe wusste, schwieg still, aber sie beobachtete ihre Freundin voller Sorge.

„Ich möchte dich nun doch einmal fragen, wie es dir geht. Sag mir ehrlich, wie fühlst du dich nun wirklich? Ich glaube, du verstellst dich ganz gewaltig, weil du niemanden merken lassen willst, dass du traurig und enttäuscht bist. Ich glaube sogar, dass du unglücklich bist."

Elisa stöhnte. „Natürlich hast du mich durchschaut, und es ist alles wahr, was du vermutet hast. Ich vermisse Vittorio schrecklich, und ich habe so viele Tage auf ihn gewartet, dass mir das Herz schon davon wehtut."

„Das kann ich mir gut vorstellen", sagte Leonora bedauernd. „Ich wünschte, ich könnte dir helfen. Aber ich weiß nicht, was man tun kann. Willst du ihn vielleicht suchen? Aber wie und wo sollte man das anfangen?"

„Ich habe auch schon darüber nachgedacht, eigentlich denke ich Tag und Nacht daran. Aber mir ist bis jetzt noch nichts eingefallen. Das Problem dabei ist auch, dass ich gar nicht weiß, ob mich Vittorio noch liebt, ob er mich überhaupt noch sehen will. Ich möchte mich ihm nicht aufdrängen, wenn er mich vergessen will. Denn Liebe ist ein

Geschenk, das man nicht einfordern kann."

„Das kann ich mir so nicht vorstellen", fand die Freundin. „Er hat gesagt, dass er dich liebt, hat sich mit dir verlobt, hat dir gesagt, dass er dich ewig lieben wird. Ich denke, vielleicht ist ihm etwas passiert. Es ist einfach ärgerlich, dass du nicht weißt, wie er mit Nachnamen heißt, und wo er wohnt."

„Ich habe schon überall im Dorf nachgefragt, ob jemand den jungen Mann kennt, der am Tag meines Geburtstages so schön gesungen hat. Aber niemand kannte ihn und niemand hat ihn mehr gesehen."

„Wenn du schon so gehandelt hast, dann kann ich es dir auch verraten, dass ich auch schon für dich ein bisschen gesucht habe", bekannte Leonora. „Ich habe alle Gäste gefragt, die hier am Tag deines Geburtstages anwesend waren, jedenfalls alle aus dem Ort. Aber niemand kannte Vittorio. Es hat ihn hier auch noch nie jemand gesehen. Da habe ich schon fast an Halluzinationen geglaubt und dachte, wir beide, du und ich, wir haben das Ganze bestimmt geträumt."

Elisa seufzte. „Ja, und nicht nur du hast so gedacht. Ich hatte ähnliche Befürchtungen und das hat auch seinen Grund."

Erstaunt sah die Köchin ihre Freundin an. „Das verstehe ich nicht. Kannst du mir das ein bisschen erklären?"

Die junge Frau nickte. „Ja, ich habe als Kind gemeinsam mit meiner Freundin schon sehr merkwürdige Dinge erlebt. Erinnerst du dich an meine Begegnungen mit der guten Fee? Davon habe ich dir schon einmal in einer stillen Stunde etwas erzählt. Damals sind wir auch nicht ganz schlau daraus geworden. Manchmal hatten wir das Gefühl, alles wirklich erlebt zu haben. Aber manchmal war es auch wie ein Traum. Deswegen bin ich auch jetzt gar nicht so sicher, ob ich alle Begegnungen mit Vittorio nur geträumt habe."

Leonora legte den Arm um Elisas Schultern. „Aber Vittorio war aus Fleisch und Blut. Die anderen Gäste haben ihn ja genauso gesehen wie wir. Auch der kleine Junge, der dir den Zettel gab, der war ebenfalls aus Fleisch und Blut. Das kann ich auch bestätigen. Jetzt musst du nur noch für dich feststellen, ob deine Begegnungen mit Vittorio wirklich stattgefunden haben, oder ob du sie dir nur erträumt hast."

„Ich hatte das Gefühl, dass ich träume, aber es war eine wunderschöne Realität. Seine Küsse, seine Umarmungen, all das habe ich wirklich gespürt, und es hat mich sehr glücklich gemacht. Das waren die glücklichsten Stunden in meinem Leben, die ich nie vergessen werde. Immer und immer wieder muss ich daran denken, und ich rufe mir jede Sekunde in mein Gedächtnis zurück, um es erneut zu erleben."

„Ich glaube nicht, dass es deine übergroße Fantasie ist, die dir diese Erlebnisse vorgaukelt", entschied Leonora. „Ich denke, du hast diese wenigen, wunderschönen Stunden wirklich erlebt. Und deswegen werde ich dir helfen, Vittorio zu suchen."

„Aber wie willst du das anstellen?" fragte Elisa betrübt. „Ich weiß überhaupt nichts von ihm. Ich kenne weder seinen Nachnamen noch seinen Wohnort noch irgendetwas, das uns weiterhelfen könnte."

Leonora überlegte einen Moment. „Diese wichtigen Sachen sind leider nicht bekannt, aber wir wissen, dass er gut singen kann. Vielleicht ist er ein Sänger, und damit kann man schon etwas anfangen. Ich habe einen Bruder, der kennt jemanden in Mailand. Und in Mailand ist die große Oper. Ich denke dort kann man etwas über die bekannten Sänger erfahren."

Die junge Frau atmete auf. „Das ist eine richtig gute Idee. Warum bin ich nicht darauf gekommen?! Aber es ist egal, die Hauptsache ist, dass wir eine Möglichkeit gefunden haben, nach meinem Verlobten zu suchen."

„Ja, das verspreche ich dir noch einmal. Ich werde alles in die Wege leiten, um Vittorio zu finden."

*

Die Köchin hielt ihr Versprechen und beauftragte ihren Bruder, seine Kontakte nach Mailand zu nutzen, um den Mann zu finden, den ihre Freundin vermisste

Ermanno, ein bekannter Agent nahm schließlich die Suche selbst in die Hand und bemühte sich, einen Sänger Vittorio überall zu suchen.

Betrüblicherweise gingen mehrere Monate ins Land, ohne dass sich etwas ereignete. Es fand sich auch nicht die geringste Spur von Elisas Verlobten.

Stattdessen begann Onkel Enno immer mehr zu kränkeln, und seine Frau wusste sich bald keinen Rat mehr. Als keine Medizin mehr half, und kein Doktor mehr ein Mittel wusste, mit dem sich Ennos Befinden verbessern ließ, entschloss sich seine Frau, in eine Gegend zu ziehen, in der es für Enno eine große, günstige Luftveränderung gab.

Die Tante verkaufte kurzerhand das Hotel in Luttago und zog mit ihrem Mann in den Schwarzwald.

Daher ergab sich eine neue Möglichkeit für Elisa, ihr Leben völlig zu verändern.

Die gute Giuseppina bot ihrer Nichte an, mit ihr nach Deutschland zu kommen und sich dort in der fernen Gegend ein neues Leben zu schaffen.

Elisa überlegte nicht lange, denn sie war froh, nicht länger in Luttago bleiben zu müssen. In der Nähe des Hotels standen die drei Tannen, und die Bäume erinnerten sie immer wieder an Vittorio, an ihre große Liebe und das plötzliche Verschwinden ihres Verlobten.

Gern folgte die junge Frau der Tante in den malerischen Ort Gutach, in dem Giuseppina von nun an eine kleine Fremden-Pension führte. Leonora und Elisa halfen ihr fleißig dabei, sodass der älteren Frau genügend Zeit blieb, sich um ihren kranken Mann zu kümmern.

Enno fühlte sich in seiner neuen Umgebung sehr wohl und erholte sich zusehends, sodass alle froh waren, diese Entscheidung getroffen zu haben.

Einmal noch fragte die Köchin ihre junge Freundin. „Hast du deine Entscheidung auch wirklich überlegt gewählt? Fühlst du dich hier tatsächlich wohl, hier, so weit weg von der Heimat? Würdest du nicht lieber in Italien selbst nach Vittorio suchen, um ihn wiederzufinden?"

Elisa schüttelte den Kopf. „Ich glaube nicht, dass er noch Sehnsucht nach mir hat. Es ist schon so viel Zeit vergangen, und er hat mich nicht aufgesucht. Sicherlich hat er mich längst vergessen. Ich dagegen werde ihn niemals vergessen."

„Aber ich hoffe, dass du dich trotzdem für andere junge Männer interessierst", wünschte Leonora. „Schließlich möchtest du auch einmal heiraten und Kinder bekommen. Oder hast du das jetzt auch schon aufgegeben?"

Die Freundin stöhnte. „Ich weiß es noch nicht. Das darfst du mich heute noch nicht fragen. Mein Herz ist gebrochen, nein, noch viel schlimmer: Ich habe es Vittorio geschenkt, es ist bei ihm, weit fort.

Und in meiner Brust ist alles leer und ohne Gefühle. In dem Zustand denke ich nicht an irgendeinen anderen Mann. Das kannst du dir doch bestimmt vorstellen."

Die Köchin nickte. „Ich kann dich verstehen. Dann will ich jetzt auch nicht mehr über diesen untreuen Mann sprechen. Dann möchte ich, dass du ihn so schnell wie möglich aus deinen Gedanken verjagst, damit du ein neues, aber fröhliches Leben beginnen kannst."

„Hab ein bisschen Geduld!", bat Elisa. „Irgendwann werde ich schon wieder in ein normales Leben zurückfinden."

*

In Recoaro

Lucia hatte inzwischen eine Ausbildung in Brunico mit einem erfolgreichen Abschluss beendet, war zurückgekehrt nach Recoaro und arbeitete in einem Laden, der verschiedene Musikinstrumente führte.

Da sie sich zu einer sehr schönen jungen Frau entwickelt hatte, gab es viele junge und alte Männer, die ihr Herz erobern wollten. Aber die junge Frau war wählerisch. Sie wusste nicht, auf wen sie eigentlich wartete, aber sie war sich ganz sicher, dass die Männer, die ihr bisher begegnet waren, für sie keine akzeptablen Partner werden würden.

Eines Tages ging das Gerücht im Ort umher, dass ein sehr attraktiver junger Mann von weit her in diesen Ort gezogen sei und sich sogar niedergelassen habe. Er arbeitete als Sekretär des Bürgermeisters und versteckte sich in der übrigen Zeit in seiner kleinen Wohnung im Stadtzentrum.

Die jungen Frauen, die ihm morgens vor, und abends nach seiner Arbeit begegneten, grüßte er höflich und mit einem charmanten Lächeln, aber er sprach niemanden an und schien stets in einer solchen Eile zu sein, dass es kein Vorübergehender wagte, ihn anzusprechen.

Auch Lucia begegnete ihm, und sie staunte über seine Schönheit, wunderte sich aber, dass er als Einziger im Ort keine Anstalten machte, sie anzusprechen, geschweige denn sie näher kennenzulernen.

Das reizte sie so ungemein, dass sie es jeden Morgen so einrichtete, ihm zu begegnen, und auch am Abend nach der Arbeit kreuzte sie täglich seinen Weg.

Ihre Hoffnungen wurden nicht erfüllt, mehr als einen freundlich lächelnden Blick verschenkte er nicht an sie.

Lucia ärgerte sich sehr über sein Verhalten und beriet sich mit ihrer neuen Freundin Alba.

„Dieser eitle und eingebildete Kerl! Was bildet der sich eigentlich ein?! Kommt einfach so aus der Fremde daher, stolziert hier herum wie ein Pfau und macht nicht den kleinsten Annäherungsversuch. Das ist ja schon richtig beleidigend."

Die Freundin schmunzelte. „Du nimmst es ihm tatsächlich krumm, dass er dir nicht so nachläuft, wie alle anderen jungen Menschen hier in der Umgebung?! Vielleicht ist er ein sehr höflicher oder ein zurückhaltender Mensch. Vielleicht hat er aber auch irgendwo eine Partnerin, ist vielleicht sogar schon verheiratet. Auf jeden Fall bist du nicht die einzige Frau in diesem Ort, die ein Auge auf ihn geworfen hat. Wenn du nicht gerade in ihn verliebt bist, solltest du dich hintenanstellen."

„Ich bin nicht in ihn verliebt, aber ich bin sicher, dass ich mich in ihn verlieben könnte. Er hat alle Qualitäten, die man sich für einen Partner wünscht. Er ist fleißig, hat einen guten Beruf, sieht blendend aus, ist höflich und charmant. Was kann man noch mehr von einem Mann verlangen?"

„Wenn du es so nimmst, hast du dir etwas zusammengereimt, das logisch erscheint. Aber möchtest du nicht eine romantische Liebe? Eine Liebe auf den ersten Blick? Eine magische Liebe?"

Lucia lächelte. „So romantisch bin ich nicht, das war ich noch nie. Ich hatte mal eine Freundin, sie hieß Elisa. Sie war so ein romantisches Mädchen. Ich kann mich noch gut an sie erinnern, denn sie wünschte sich einmal für später einen Traumprinzen, die einzige große und wahre Liebe. Sie ist irgendwann weggegangen, und wir haben uns aus den Augen verloren. Aber ich wünsche ihr, dass sich ihre

Wünsche erfüllen. Ich dagegen bin ein praktischer Mensch. Im Alltag zeigt sich, ob ein Paar sich lieben kann oder nicht. Ich denke, dieser Fremde hat alle Qualitäten, die ich mir von einem Mann wünsche. Also werde ich alles daransetzen, ihn für mich zu erobern."

Die Freundin seufzte leise. „Für mich wäre das nichts, ich bin eben auch etwas romantischer, so wie deine Freundin aus früheren Zeiten. Aber wenn du damit zufrieden bist, dann ist alles in Ordnung. Doch jetzt interessiert mich natürlich, wie du es anstellen willst, diesen Vittorio für dich zu gewinnen. Hast du schon einen besonderen Plan?"

Lucia staunte. „Er heißt also Vittorio. Das ist ein schöner

Name, das passt zu einem Siegertyp, und so sieht er auch aus."

„Ja, das finden die anderen Mädchen hier auch. Aber wie willst du es anstellen, dass er dir mehr Aufmerksamkeit schenkt?"

„Ich habe schon eine Idee", berichtete die junge Frau. „Wir bekommen in den nächsten Tagen wieder neue Instrumente im Laden. Mein Chef gibt oft seinen Kunden in einem solchen Fall Benachrichtigungen, damit sie ständig über das Angebot informiert sind. Ich werde in das Bürgermeisteramt gehen und dort die Angebotszettel selbst hinbringen."

„Wie kommst du denn darauf?" erkundigte sich Alba verwundert.

„Ich weiß zum Beispiel, dass die Familie des Bürgermeisters sehr musikalisch ist. Seiner Tochter hat er neulich ein Klavier gekauft, und sein Jüngster spielt Flöte."

Die Freundin schmunzelte. „Du bist ziemlich raffiniert. Du möchtest natürlich auch den Assistenten des Bürgermeisters bei dieser Gelegenheit ebenfalls informieren, stimmt es?"

„Kultur und Musik sind für alle da", antwortete Lucia lächelnd. „Das kann auch einem Vittorio nicht schaden."

Einige Tage später erschien Lucia im Büro des Bürgermeisters. Sie hatte den Zeitpunkt abgepasst, an dem der Sindaco wie öfters morgens kurz das Büro verlassen hatte, um einen Kollegen im Nachbarort zu besuchen.

Die junge Frau steuerte mutig auf den begehrten Frauenschwarm zu, grüßte ihn und reichte ihm das mitgebrachte Material über die neue Ware.

Vittorio grüßte die Besucherin ebenfalls freundlich und betrachtete interessiert die Informationen. „Wie kommst du denn an diese Blätter? Hast du irgendetwas damit zu tun?"

Sie nickte. „Ja, ich arbeite im Musikladen und bin daran

interessiert, möglichst vielen Menschen davon Kenntnis zu bringen. Schließlich ist die Musik ein Himmelsgeschenk, an dem wir uns erfreuen dürfen."

Zum ersten Mal sah er Lucia genauer an. „Du hast recht, Musik kann sehr schön sein, aber wenn man sich darauf einlässt, muss man auch bereit sein, mit ihr zu leiden."

Die junge Frau sah ihn erstaunt an. „Ich hoffe nicht, dass Sie unter irgendetwas zu leiden haben! Diese Gegend hier ist so wunderschön, da sollten alle Menschen glücklich sein, oder wenigstens versuchen, das Beste aus allem zu machen."

Er betrachtete sie von oben bis unten, und sein Gesicht entspannte sich.

„Du bist auch ein wunderschönes Mädchen, und das haben dir bestimmt auch schon viele gesagt. Kein Wunder, dass dir die Welt gefällt."

„An Schmeicheleien ist mir nicht viel legen", gestand sie ihm. „Ich bin sehr praktisch veranlagt und sehe nur die Realität. Aber die gefällt mir hier, und ich denke, dir kann es auch gefallen. Recoaro ist ein Ort, der für jeden etwas bereithält."

„Ich glaube, du hast die richtige Lebenseinstellung", fand er. „Wie es scheint, stehst du mit beiden Beinen auf dem Boden. Du wirst es weit bringen im Leben." Immer noch hielt er die Zettel in der Hand und betrachtete mit Wohlgefallen die abgebildeten Musikinstrumente.

„Da hast du recht", antwortete sie keck. „Und wie ich sehe, hast du Spaß an dem, was ich hier mitgebracht habe. Weißt du auch, dass man bei uns im Laden auf den Musikinstrumenten spielen darf? Man darf sie ausprobieren und sie kennenlernen."

„Das ist eine gute Idee", fand er. „Ich werde ganz bestimmt darauf zurückkommen. Und jetzt danke ich dir für deinen Besuch. Es würde mich freuen, wenn wir uns einmal wiedersehen."

„Ich bin immer im Laden", sagte sie munter. „Wenn du also irgendwann einmal Lust hast, dir unser Inventar anzuschauen, dann werde ich dich herumführen und dir alle

Informationen geben, die du wünschst."

„Ich komme bestimmt darauf zurück", sagte er. „Soll ich dem Bürgermeister noch irgendetwas ausrichten?"

„Nein danke, das musst du nicht! Der Bürgermeister kennt den Laden, und er weiß, wie und wann er uns finden kann. Vielleicht kannst du ihm Grüße ausrichten, das wäre aber dann auch schon alles."

„Das werde ich", antwortete Vittorio, „aber von wem soll ich die Grüße bestellen?"

„Ich bin die Lucia, und jeder kennt mich hier, weil ich in dieser Gegend geboren bin. Mein Vater war früher hier der Postbeamte, aber jetzt ist er im Ruhestand."

Vittorio schmunzelte. „Aha! Deswegen trägst du hier so fleißig die Nachrichten weiter und verteilst sie überall. Da bist du also auch eine kleine Postbotin."

Sie lächelte zurück und bemühte sich, dem Klang ihrer Stimme etwas Verführerisches zu geben. „Ja, wie die Postbotin aus der Operette. Und ich denke, ich habe mit ihr auch sonst viel Ähnlichkeit."

„Woran denkst du denn dabei?" erkundigte er sich.

„Diese Christel von der Post war auch eine brave und bodenständige Person, zuverlässig und treu, aber

trotzdem weiblich und charmant",
antwortete sie in scherzhaftem Ton.

Vittorio lachte. „Das hast du nett
gesagt, und wenn du auch so bist,
dann freue ich mich, wenn du mir
später im Geschäft die neuesten
Auslagen zeigst."

„Versprochen", antwortete sie. „Bis
später dann!"

„Bis später dann!" rief er und sah ihr
lächelnd nach.

*

Während Lucia fröhlich nach Hause strebte, versank Vittorio in Gedanken. Die Erinnerung holte ihn ein. Vor einiger Zeit, da war er sehr glücklich gewesen, als er Elisa getroffen hatte. Ja, die Begegnung hatte ihn getroffen wie ein Blitz aus heiterem Himmel. In Elisa hatte er geglaubt, seine große Liebe gefunden zu haben. Welche Gefühle waren das gewesen! Sein Herz hatte gebebt wie ein großer Vulkan, seine Seele hatte sich zu der jungen Frau hingezogen gefühlt, ja, er glaubte, dass sie bereits mit einem Band verbunden waren. Sein Körper hatte sich nach ihr gesehnt, und jede Faser und jeder Zentimeter seiner Haut war von einer Sinnlichkeit besessen gewesen, wie er es noch nie früher gespürt hatte. Aber dann hatte ihn der Geheimdienst von einer Stunde zur anderen auf das Schiff verfrachtet, damit der Personenschutz einer hochgestellten Persönlichkeit gewährleistet sein sollte.

Lange war er in Übersee gewesen, Monate im tiefen Regenwald und ohne jegliche Verbindung nach außen. Doch in welchem Winkel der Erde er sich auch befunden hatte: Jede Sekunde fühlte er Elisa, die er im Herzen trug.

Wie hatte er sich auf ein Wiedersehen in Luttago gefreut! Viele Male hatte er sich vorgestellt, wie es werden würde, seine Verlobte wieder in den Armen zu halten, sie zu fühlen, ihre Lippen zu spüren, Zärtlichkeiten mit ihr auszutauschen.

Und dann war alles ganz anders gekommen. Das Hotel in Luttago hatten die Besitzer verkauft, von Elisa konnte er keine Spur entdecken, und niemand wusste, wohin die Familie ausgewandert war. Erst jetzt, vor kurzer Zeit hatte er ihren Aufenthalt in Gutach im Schwarzwald herausbekommen. Aber als er dort ankam, musste er erfahren, dass die junge Frau wiederum verschwunden war, diesmal ganz allein, weil der Onkel und die Tante inzwischen verstorben waren.

Vittorio hatte im ganzen Ort nach seiner Verlobten gesucht und alle Einwohner befragt. Jeder hatte die junge Frau schon einmal gesehen, die man als still und etwas melancholisch beschrieb, aber mehr als ihren Vornamen kannte keiner.

Und nun befand er sich seit einiger Zeit in Recoaro, einem besonders zauberhaften Ort. Jeden Tag wanderte er zum Wasserfall und trauerte seiner verlorenen Liebe nach.

Heute jedoch hatte ihn diese junge Frau, diese Lucia wieder zum Leben erweckt, weil sie von Musik gesprochen hatte.

War das nicht ein Zeichen? Sicherlich wollte ihm das Leben damit zeigen, dass er sich wieder einmal mit seinem Lieblingsthema, der Musik beschäftigen sollte. Und dazu bescherte ihm das Schicksal eine so schöne Frau, die außerdem klug und lebenstüchtig zu sein schien.

In diesem Augenblick beschloss er, ein neues Leben anzufangen, ein Leben hier in Recoaro, ein Leben, in dem es wieder Freude geben sollte.

*

Gleich am anderen Tag spazierte er zu dem Musikladen und öffnete mutig die Tür.

Hinter dem Tresen entdeckte er Lucia, die für einen Kunden eine Mundharmonika ein packte.

Er grüßte höflich und stellte sich wartend in einigem Abstand hinter den Fremden. So hatte er die Gelegenheit, die junge Frau unbemerkt anzusehen und zu beobachten.

Geschickt verwendete sie ihre Finger, sorgfältig verpackte sie das kleine Musikinstrument und reichte es dem älteren Herrn. „Sie werden viel Freude daran haben", versprach sie ihm mit einem Lächeln, das ihr schönes Gesicht erstrahlen ließ. Sie wünschte ihm noch einen guten Tag und wartete, bis der Kunde den Laden verlassen hatte.

Längst hatte sie erkannt, wer zu ihr in das Geschäft getreten war, und nun zeigte sie viel Stolz in ihrem triumphierenden Blick. „Guten Tag!

Das war eine gute Idee von dir, die Einladung meines Chefs anzunehmen. Dieser Raum hier ist voll von Musik."

Er nickte. „Das habe ich schon bemerkt, und ich freue mich, die Einladung angenommen zu haben."

Lucia zeigt ihm ein verführerisches Lächeln. „Weil die Instrumente so interessant sind?"

Vittorio lächelte zurück. „Nicht nur, sondern auch, weil ich dich wieder treffen wollte."

„Das hatte ich auch gehofft", gestand sie ihm. „Und ich kann dir jetzt alles zeigen, was du möchtest. Wenn du magst, kannst du dich auch allein umschauen."

„Dann werde ich beides in Anspruch nehmen", entschied er. „Zuerst schaue ich mich im Laden um, und dann stelle ich dir meine Fragen."

Ihr Lächeln vertiefte sich. „Ich mache dir noch einen besseren Vorschlag. Wir treffen uns nach Ladenschluss und gehen ein Stück zusammen spazieren, dann kannst du mich alles fragen, was du willst. Geschäftsschluss ist siebzehn Uhr."

Er war damit einverstanden und schaute sich die einzelnen Instrumente an. „Die Uhrzeit werde ich mir merken."

Hin und wieder ergriff er ein Notenheft und blätterte darin herum. Ab und zu wechselte er ein paar vielsagende Blicke mit der jungen Frau, und sie zwinkerte ihm fröhlich zu.

Noch ehe der junge Mann seinen Rundgang beendet hatte, erschien der Chef im Verkaufsraum, begrüßte Vittorio und fragte, ob er behilflich sein könne.

Vittorio bedankte sich. „Ihre vorzügliche Verkäuferin hat mir schon sehr gut geholfen und mich sehr gut beraten. Ich werde mir also alles gut durch den Kopf gehen lassen und mit Sicherheit wiederkommen."

Er warf Lucia noch einen vielsagenden Blick zu und verließ dann, betont langsam gehend, das Geschäft.

Draußen stellte er sich vor das Schaufenster und dachte an die Begegnung mit der jungen Frau. Wie schön sie doch war! Sicher das schönste Mädchen in diesem ganzen Tal! Zimperlich war sie auch nicht, ganz gewiss auch nicht schüchtern. Und sie wusste, was sie wollte: So wie es aussah, interessierte sie sich sehr für ihn. Sicher würde sie in Zukunft auch zu ihm stehen und sich nicht gleich in Luft auflösen.

Gut gelaunt spazierte er zurück zum Bürgermeisteramt, um dort seine Arbeit fortzuführen.

*

Pünktlich zum Geschäftsschluss fand sich Vittorio vor dem Laden ein und dachte voll freudiger Erwartung an Lucia.

Doch die junge Frau ließ ihn ein wenig warten. Als sie herauskam, entschuldigte sie sich bei ihm. „Es tut mir sehr leid für dich, ich hoffe, du musstest nicht zu lange warten. Leider hatte der Chef noch eine Aufgabe für mich, sodass ich nicht pünktlich Schluss machen konnte."

„Ich habe gern auf dich gewartet", behauptete er und nahm sie kurz in den Arm.

„Als Entschädigung möchte ich dich mit zu mir nach Hause nehmen. Meine Eltern werden sich freuen, dich kennenzulernen. Wir sollten ein paar Schritte gehen", schlug sie vor. „Denn zuhause, da gibt es frischgebackenen Kuchen und guten Kaffee. Magst du?"

Er willigte ein und spazierte mit ihr durch den Ort, ein Stück weit über Land und dann den kleinen Pfad hinauf bis zu ihrem Elternhaus.

Als sie ankamen, stellte sich heraus, dass niemand anwesend war, doch Lucia bat ihn, sich nicht daran zu stören. Sie zeigte ihm ihre hübsche, saubere Kammer, versorgte ihn mit Kaffee und Kuchen und setzte sich neben ihn auf das kleine Schlafsofa.

Vittorio ließ sich Kaffee und Kuchen schmecken und fühlte sich wohl in der gemütlichen Stube.

„Du hast es sehr hübsch hier", fand er, „und wie ich sehe, weißt du, wie man einen Haushalt führt."

„Oh ja", antwortete sie schnell. „Das weiß ich genau, und es macht mir auch Freude. Es macht mir auch Freude, jemanden zu verwöhnen, besonders, wenn er so nett ist wie du."

Er fühlte sich geschmeichelt und lächelte sie an. „Du bist nicht nur lieb, du bist auch sehr schön, und ich entdecke immer mehr gute Eigenschaften an dir."

„Das hatte ich gehofft", verriet sie ihm, „und ich habe noch viel bessere Eigenschaften, die dir sicher auch gefallen werden."

Sie rückte näher an ihn heran, schlang ihre Arme um seinen Hals und küsste ihn.

Wie lange hatte er sich nach solch einem Moment gesehnt. Er spürte Lucias Mund, ihren zarten, warmen Körper, und sein Lebenshunger fand Freude daran, ihre Liebkosungen zu erwidern.

Küsse und Umarmungen gaben ihm das Gefühl, an einem lohnenden Ziel angekommen zu sein, und sein zurückgehaltenes Temperament erwachte. Er war sich in diesem Moment ganz sicher, dass ihm diese Frau das verlorene Glück wieder zurückgeben konnte.

So ließ er sich auf all ihre verlockenden Verführungskünste ein und genoss die stürmische Liebesstunde mit der schönsten jungen Frau des Tales.

Als die beiden jungen Menschen Geräusche im Haus hörten, flüsterte Lucia ihrem Geliebten zu. „Mach dir keine Sorgen, es ist alles gut, und ich werde meinen Eltern schon erklären, dass du ein netter und anständiger junger Mann bist."

Die Situation gefiel ihm nicht gut, er spürte ein mulmiges Gefühl in seiner Magengrube, aber er folgte der jungen Frau in die Küche, in der eine ältere Frau werkelte.

„Mutter, das ist Vittorio", stellte sie den jungen Mann vor. „Wir sind zusammen. Du hast bestimmt schon von ihm gehört, denn er hat einen wichtigen Posten im Bürgermeisteramt. Dort ist er gut angesehen, man schätzt ihn sehr."

„Ich habe schon viel von ihm gehört", erklärte die ältere Frau. „Er soll bei uns willkommen sein. Hast du ihn auch gut bewirtet, Kind?"

„Das habe ich, Mutter", antwortete Lucia schmunzelnd. „Er durfte alles probieren, deinen leckeren Kuchen und unseren guten Kaffee. Aber jetzt hat er keine Zeit mehr und kann nicht länger Frage und Antwort stehen. Ich bringe ihn jetzt zur Tür, und all das, was du auf dem Herzen hast, musst du ihn beim nächsten Mal fragen." Damit schob sie Vittorio aus dem Raum heraus, und er hatte gerade noch die Möglichkeit, einen kurzen Abschiedsgruß zu rufen.

Eilig schob Lucia ihn zur Haustür hinaus. „Du kannst jetzt nicht hierbleiben. Ich muss jetzt erst einmal mit der Mutter reden und ihr alles erklären."

Verwirrt sah er sie an. „Was musst du mit ihr klären?"

„Sicher will sie jetzt alles über dich wissen, jede Kleinigkeit. Und ich werde ihr sagen, wie wir zueinanderstehen. Keine Sorge! Sie wird nicht böse sein. Sie kann das alles gut verstehen. Schließlich war sie auch einmal jung."

„Ich weiß nicht so recht", sagte er zaghaft. „Willst du ihr wirklich alles gestehen?"

Sie spielte Erstaunen. „Soll ich es etwa nicht?! Willst du nicht zu dem stehen, was du getan hast? Ich habe gedacht, dass du mich liebst. Oder liebst du mich etwa nicht?! War ich vielleicht nur ein kleines Abenteuer für dich?"

Das konnte er nicht so stehen lassen. „Aber nein! Beruhige dich doch! Meine Gefühle zu dir sind echt, und ich stehe auch zu dir. Ich hatte nur gedacht, dass wir es mit dem Weitererzählen noch etwas schieben.

Wir sind ja noch nicht so sehr lange zusammen, und deine Eltern könnten meinen, dass wir etwas überstürzt gehandelt haben."

„Liebe hat keine Zeit", proklamierte sie. „Sie kommt ganz plötzlich und überraschend, ist mächtig und manchmal übermächtig. Sie ist nicht im Kopf, deswegen kann man da auch nicht überlegen. Unsere Gefühle waren stärker, das zeigt, dass die Liebe über den Verstand gesiegt hat."

Er seufzte leise, kaum hörbar. „Wahrscheinlich hast du recht. Vermutlich habe ich mich nur erschrocken, weil ich so unvorbereitet vor deiner Mutter gestanden habe. Aber sie scheint eine sehr liebe Frau zu sein, genauso wie du. Und vermutlich wird sie uns auch verstehen."

„Natürlich wird sie uns verstehen. Wir warten jetzt erst einmal ein paar Tage ab, und dann kannst du uns besuchen und auch meinen Vater kennenlernen. Er ist ein humorvoller Mann, und du wirst ihn mögen. Bis bald!"

Sie drückte ihm einen Kuss auf die Stirn, drehte sich um und verschwand im Haus.

Nachdenklich blieb er noch einen Moment stehen. Das war jetzt alles ein bisschen schnell gegangen. Warum störte es ihn? Damals, bei Elisa, da hatte es ihm doch nicht schnell genug gehen können, sie zu küssen und in die Arme zu schließen.

Aber vermutlich waren es gerade diese alten enttäuschenden Erfahrungen, die ihn verändert hatten.

Er erinnerte sich an früher. Spontan und temperamentvoll war er gewesen, und er hatte geglaubt, ein Sieger-Typ zu sein. Sein Leben war in einer glatten fortlaufenden Bahn gelaufen, die ihm einen schnellen Schritt erlaubt hatte.

Doch dann hatte er Elisa aus den Augen verloren, und mit seinem Herzen war alles, sein ganzes Leben auseinandergebrochen.

Doch jetzt hatte es einen neuen Anfang gegeben, und diesen Weg wollte er jetzt mit aller Freude und allem Elan einschlagen. Und hatte er nicht auch Grund genug, glücklich zu sein?! Lucia war nicht nur eine schöne Frau, sondern auch bodenständig und klug. Sie wusste, was sie tat, und sie zeigte ihm, wie wichtig er für sie war. Sie zeigte ihm, dass sie ihm vertraute und ihn als Ehrenmann einschätzte. Und obendrein hatte es sich sehr gut angefühlt in ihren Armen.

Mit Elisa, das war damals anders gewesen. Sein Herz, seine Seele und alle Impulse seines Körpers hatten ihn in Ekstase versetzt, ihm eine nie gekannte Seligkeit gegeben, aber sicher war das nur ein Traum gewesen, den man in seiner Jugend aus lauter Sehnsucht träumt.

Lucia war Wirklichkeit, pulsierendes Leben, und es fühlte

sich gut an wie eine frisch gekochte, heiße Minestrone. Sie passte in seine bodenständige Zukunft.

Im Tal des Agnos

In den nächsten Tagen besuchte Vittorio Lucias Familie, und er wurde bei allen Verwandten freundlich aufgenommen. Besonders die Mutter, eine sehr herzliche Frau, hatte das Gefühl, in dem jungen Mann einen Sohn zu bekommen, und sie begann, ihn mit allerlei Leckereien zu verwöhnen.

Die Verlobung wurde schon in den nächsten Tagen gefeiert, und das Brautpaar zeigte sich im ganzen Ort, um sich beglückwünschen zu lassen. Lucia glänzte dabei besonders vor ihren Freundinnen und rühmte sich, den begehrtesten Mann an sich gezogen zu haben.

Nach diesen schnellen Entwicklungen war es nicht verwunderlich, dass die junge Verkäuferin schon nach kurzer Zeit verkündete, dass sie ein Baby erwartet, und niemand nahm Anstoß daran.

Eilig plante man die Hochzeit, die im vergnügten Kreis in kleinem

Rahmen gefeiert wurde. Eine bescheidene Feier, das bedeutete eine Zahl von etwa fünfzig Personen, die mehr oder weniger herzlich gratulierten. Nicht alle gönnten der jungen Ehefrau diesen attraktiven, fremden Mann, manche Bekannte oder Freundin neidete ihr diese begehrenswerte Eroberung.

Die Flitterwochen des jungen Paares, die sie am Meer verbrachten, verliefen wie die von vielen anderen: Wie die Kinder genossen die frisch Vermählten das Leben, und wie Verliebte teilten sie voller Leidenschaft die Stunden ihrer Umarmungen.

In den Alltag zurückgekehrt, begann Lucia einigen Ehrgeiz zu entwickeln, denn sie hoffte, ihr

Mann hätte den Wunsch, eine große Karriere zu starten.

Zwar verdiente Vittorio nun genug, dass sie bald in eine eigene Wohnung umziehen konnten, aber sein Ehrgeiz hielt sich in Grenzen, und seine Frau musste feststellen, dass ihr Mann kein Mensch war, der rücksichtslos oder sogar mit Ellenbogen die Karriereleiter hinaufsteigen wollte.

Stattdessen entdeckte sie eines Tages durch Zufall in seinen Papieren, dass er früher auch als Sänger aufgetreten war, und sie stellte ihn zur Rede.

„Warum hast du mir davon nie etwas erzählt? Ich wusste gar nicht, dass du solch eine romantische Seite besitzt? Hast du noch andere Geheimnisse vor mir verborgen?"

Er zögerte und atmete tief. „Mein altes Leben ist schon lange her, da habe ich viele Begebenheiten vergessen. Aber was möchtest du denn alles wissen?"

Sie sah ihn lauernd an. „Ich möchte alles wissen. Und zwar jetzt, damit ich später keine bösen Überraschungen erlebe."

Da berichtete Vittorio, dass er früher nicht nur für einen privaten Geheimdienst gearbeitet habe, sondern dass er als Ausgleich gerne und viel gesungen hatte.

„Ich war dann einmal zu einer großen Feier in Luttago eingeladen und habe dort eine junge Frau kennen gelernt, in die ich mich verliebt habe. Tatsächlich habe ich geglaubt, dass sie die Richtige für mich ist, und ich habe mich mit ihr verlobt. Doch mein Dienst rief mich ganz plötzlich fort. Ich benachrichtigte einen Jungen, der eine Nachricht an dem Platz verstecken sollte, an dem wir uns immer getroffen haben, und ich dachte, sie würde auf mich warten.

Doch als ich zurückkam, war sie nicht mehr dort, Elisa hatte den Ort verlassen und war in ein anderes Land gezogen. Auch dort habe ich noch nach ihr gesucht, aber sie ist verschollen. Eine Weile habe ich noch gewartet, ob ich etwas von ihr höre, aber sie ist bis heute nicht wieder aufgetaucht."

Lucia horchte auf. „Du hast sie wirklich geliebt?"

„Das habe ich damals geglaubt. Aber ich war sehr jung, Mitte zwanzig damals, und die Musik führte mich romantische Wege."

„Ich hoffe, dass die Sache jetzt für dich vorbei ist", sagte die junge Frau nicht ohne Schärfe in der Stimme.

„Ich habe sie längst vergessen", behauptete er.

„Das hoffe ich", antwortete sie streng. „Übrigens hatte ich früher auch einmal eine Freundin, die Elisa hieß. Als Kinder waren wir eng miteinander verbunden, aber dann haben wir uns immer wieder aus den Augen verloren. Ich weiß gar nicht, was aus ihr geworden ist. Sie ist die Tochter des Dorflehrers und hat noch zwei Brüder, die in die weite Welt hinausgezogen sind. Die Mutter ist schon vor ein paar Jahren gestorben, das habe ich in der Zeitung gelesen. Nur der Vater wohnt noch in dem alten Haus, und er wird von einer guten Nachbarin versorgt."

„Elisa ist ein häufiger Name", überlegte er. „Warum habt ihr euch aus den Augen verloren, du und deine Freundin?"

„Das kann ich dir gar nicht so genau sagen. Es hatte wohl damit zu tun, dass wir in verschiedene Schulen gingen. Dadurch hatten wir dann auch einen anderen Freundeskreis. Sie war auch ein bisschen anders als ich. Sie wünschte sich einen ganz besonderen Traummann und hat auch daran geglaubt."

„Ja, wenn man jung ist, dann hat man viele außergewöhnliche Träume, fand er. „Dann weißt du also nicht, was aus ihr geworden ist?"

„Nein, ich weiß nicht, ob sie ihren Traummann gefunden hat. Aber ich wünsche es ihr. Denn das bedeutet ihr wohl sehr viel."

Vittorio sah seine Frau überrascht an. „Das bedeutete ihr viel? Und was bedeutet es dir? Ich dachte, ich wäre auch der Mann deiner Träume."

Sie lächelte ihn an. „Ich bin nicht so sehr für Träume. Ich schaue lieber den Tatsachen ins Gesicht. Ich sehe mir den Menschen an, mit dem ich zusammen sein möchte. Und wenn es sich herausstellt, dass du, so wie du es mir versprochen hast, ein treuer und ein fleißiger Mann sein willst, dann werde ich es dir danken und dir eine gute Frau sein. Träumen, das ist etwas für Kinder oder die reichen Leute. Wir werden jetzt bald ein Kind haben, und da gibt es genug zu tun, und zwar für uns beide."

Vittorio nahm seine Frau in den Arm. „Du hast ganz recht. Das Kind wird für uns ein großes Glück sein und die wichtigste Person, die es außer uns noch gibt. Wir wollen gute Eltern sein und unser Kind so erziehen, dass es brav und ehrlich ist und trotzdem genügend Kraft hat, allem Bösen dieser Welt zu widerstehen."

„Das hast du gut gesagt", fand sie. „Und du hast diese Frau, die dich so enttäuscht hat, wirklich vergessen?"

„Schon lange", behauptete er und küsste sie.

*

Als der kleine Sohn geboren wurde, nannte ihn das junge Paar Gianni, und sie beglückwünschen sich gegenseitig zu dem Geschenk des Himmels.

Doch erging es ihnen nicht anders als den meisten Vätern und Müttern. Freude und Sorgen wechselten sich ab, und der Alltag zeigte bald, dass die beiden jungen Menschen in einigen wesentlichen Dingen verschiedene Ansichten besaßen.

Während es Lucia genügte, nach getaner Arbeit mit ihren Nachbarinnen ein Schwätzchen zu halten, sehnte sich Vittorio nach der Musik, die seine Frau nun plötzlich für lebensfremd und allzu romantisch hielt.

Eines Tages begann er, sich wieder für Lieder, Operetten und Opern zu interessieren und verfolgte die Angebote der aktuellen Musikwelt. Jedes Mal, wenn Lucia ihre Eltern besuchte oder mit ihren Freundinnen etwas unternahm, sang er die alten Lieder oder komponierte Melodien. Und jedes Mal, wenn seine Frau durch Zufall dahinterkam, sah sie ihn verständnislos an und forderte ihn tadelnd auf, lieber beruflich etwas ehrgeiziger zu werden.

Da gab es schon einige Stunden, in denen einer den anderen als fremd empfand, aber jedes Mal, wenn sie sich gemeinsam mit Gianni beschäftigten, fühlten sie sich dankbar vereint und freuten sich über ihr Familienleben.

Der Alltag bot viel Arbeit, und es gab wenig Zeit über außergewöhnliche Dinge nachzudenken. Auch die Vergangenheit rutschte immer weiter in das Vergessene, in eine andere Welt.

Venedig

Als Elisa ganz allein dastand, weil Onkel Enno und Tante Giuseppina verstorben waren, kehrte sie, nach einigen Umwegen über Frankreich, für eine kurze Zeit nach Recoaro zurück, um zu schauen, ob sie Teresa bei der Pflege ihres Vaters helfen könnte.

Doch die freundliche Nachbarin versicherte ihr, dass der frühere Lehrer wegen seines Gedächtnisverlustes keinen Menschen mehr erkannte, und es daher für Vater und Tochter keine gute Idee sei, in einem Haus zusammenzuleben.

„Ich weiß, dass du ihn sehr gut pflegst, und dass er bei dir gut aufgehoben ist", begann Elisa noch einmal, das Thema aufzugreifen. „Aber es ist doch meine Pflicht als Tochter, für ihn zu sorgen. Bisher konnte ich es nicht, weil ich die anderweitigen Versprechen nicht brechen durfte. Jetzt aber bin ich frei, und könnte dich etwas entlasten."

„Hier gibt es kein Hotel, mein liebes Kind", antwortete Teresa. „Hier findest du keine Arbeit. Und ich weiß auch von meinen Freunden, dass in den Nachbarorten alle diese begehrten Stellen schon besetzt sind. Am besten bist du in Venedig aufgehoben, da habe ich eine gute Freundin, die eine Pension besitzt, bei der findest du Arbeit mit guter Bezahlung. Deinen Vater kannst du besuchen, so oft du willst. Du bist ja nicht weit weg von hier."

„Und ich kann dir wirklich nicht helfen?" fragte Elisa noch einmal nach.

„Gewiss nicht, mein liebes Kind. Wir sind hier ein eingespieltes Paar, und es geht deinem Vater den Umständen entsprechend gut. Er hat seinen Frieden gefunden, auch in seiner eigenen kleinen Gedankenwelt. Aber für dich ist es wichtig, dass du unter Leute kommst und einen neuen Anfang findest."

Die junge Frau wusste dagegen nichts mehr einzuwenden, verabschiedete sich von Teresa mit allen guten Wünschen und versprach, öfter einmal wieder zu einem kurzen Besuch heimzukommen.

Noch am selben Abend erreichte sie Venedig und quartierte sich bei Tante Maria im Stadtviertel Dorsoduro ein.

Das kleine Zimmer bot einen Blick auf einen der zahlreichen Kanäle der Serenissima, und die junge Frau stellte sich ans Fenster und schaute verzückt auf die alten Häuser der Stadt.

„Das ist fantastisch", fand sie. „Ich kann gar nicht glauben, dass ich das wirklich erlebe."

Maria lächelte sanft. „Du hast recht. Diese Stadt bietet Märchenkulissen, und hier haben sich schon seit Hunderten von Jahren alle Künstler der Welt sehr wohl gefühlt, Maler und Dichter, Komponisten, Sänger und Bildhauer."

Bei dem Wort „Sänger" zuckte Elisa zusammen, und die Pensionswirtin sah ihren Gast erstaunt an. „Habe ich da eine unliebsame Erinnerung bei dir wachgerufen?"

Die junge Frau sah verträumt in das dunkelgrüne Wasser des Kanals, so als suche sie darin etwas Verborgenes. „Ich habe meine große Liebe verloren, und dieser Mann hat mich mit einem Liebeslied gefunden, das er selbst gesungen hat. Er hieß Vittorio."

„Bei mir haben schon viele Musiker und Musikstudenten gewohnt", berichtete die ältere Dame. „Und ich besitze auch ein Gästebuch, in das sich viele Menschen eingetragen haben. Außerdem habe ich meine sämtlichen Geschäftsbücher gut in Schuss, und darin findest du alle Namen und Adressen meiner Gäste und Bewohner. Wenn du also magst, kannst du dir die Bücher als Bettlektüre abends mit in dein Zimmer nehmen."

Ein winziges Leuchten zeigte sich in Elisas Augen. „Ich gäbe alles dafür, wenn ich ihn noch einmal wiedersehen könnte, aber ich fürchte, er hat sich aus dem Staub gemacht. Ich wohnte damals in Luttago und habe ihm eine Nachricht in einem Astloch der drei Tannen versteckt, dort, wo wir uns getroffen haben. Aber als ich nach Jahren noch einmal dorthin zurückkehrte, war der Zettel nicht mehr vorhanden."

„Wer weiß, wer ihn da rausgeholt hat", überlegte Maria. „Solch ein Briefkasten ist nicht sicher. Es gibt viele Tiere, aber auch neugierige

Menschen. Möglicherweise hat ihn deine Nachricht gar nicht erreicht."

„Es ist eben Schicksal, und sollte nicht sein. Und dabei habe ich mir als Kind diesen Traummann gewünscht. Tatsächlich ist es genauso gekommen, wie ich es erhofft hatte, denn unsere Liebe hat sich so angefühlt, als ob wir uns im Paradies befänden."

„Es gibt ja einen Spruch, den kennen viele Leute, und der heißt: Man sieht sich im Leben immer zweimal. Aber ich denke, alles ist Schicksal, und alles ist Vorbestimmung, und wenn ihr euch einmal wieder treffen sollt, dann wird es auch geschehen."

„Ich will ihn lieber vergessen", gestand Elisa. „Es tut einfach zu weh, es tut ja immer noch weh."

Maria legte den Arm um die junge Frau. „Dann ist es gut, dass wir hier sehr viel Arbeit haben. Morgen bekomme ich wieder eine ganze Reihe neuer Gäste, und ich bin froh, dass ich jetzt deine Hilfe habe. Du kannst dir gar nicht vorstellen, wie viele fremde Menschen jeden Tag hier in unsere schöne Stadt strömen."

„Dann hast du wohl viel Arbeit", bemerkte die junge Frau. „Aber vielleicht lernst du auch nette Leute kennen. Und Geld bringt es dir dann auch."

„Ja, so hat jedes Ding seine zwei Seiten, die Fremden bringen

Venedig viel Geld, aber sie verschmutzen auch die Stadt, und es ist immer viel zu viel Betrieb hier, jedenfalls am Tag, wenn die meisten Besucher die Sehenswürdigkeiten betrachten möchten."

Elisa sah in den Himmel und seufzte. „Ich werde mich hier sehr wohl fühlen, das spüre ich schon. Und ich hoffe, dass ich dir auch sehr gut zur Seite stehen kann, damit du weniger Arbeit hast und auch diese wunderbare Stadt ein wenig genießen kannst."

Maria lächelte. „Wir werden bestimmt gut zusammen arbeiten können."

*

Elisa hatte sich in Venedig schnell eingelebt. Das Hotelleben kannte sie aus Luttago, eine Pension hatte sie bereits mit Tante Giuseppina im Schwarzwald, in Gutach geführt, und die restlichen Erfahrungen hatte sie aus verschiedenen größeren Hotels auf einem Abstecher nach

Frankreich mitgebracht. So konnte sie sich bereits in verschiedenen Sprachen verständigen und kannte die Gepflogenheiten verschiedener Landsleute.

Während sie tagsüber ständig bemüht war, Maria zur Seite zu stehen, stand sie morgens schon bei Tagesanbruch auf, um lange Spaziergänge durch Venedigs Gassen zu unternehmen. Mitunter nahm sie sich einen Zeichenblock mit, um all die schönen Eindrücke festzuhalten, die sich ihr boten.

Wenn sie abends eine Stunde frei hatte, spazierte sie zum Markusplatz, um den Konzerten, den Orchestern und Solisten zu lauschen, die dort täglich die

Besucher mit ihren musikalischen Kostbarkeiten anlockten.

Elisa fühlte sich sehr wohl in Venedig, und von Tag zu Tag begann sie trotz aller Arbeit, mehr und mehr das Leben zu genießen.

Eines Tages tauchte Fabrizio auf, ein entfernter Neffe der freundlichen Maria, und als er die neue Mitbewohnerin seiner Tante kennengelernt hatte, fand er Gefallen an ihr.

Je länger er dablieb, desto mehr gefiel ihm Elisa, und er begann, sich im Haus nützlich zu machen, um einen Grund zu haben, in Venedig bleiben zu können.

Seine Tante betrachtete die ganze Angelegenheit argwöhnisch, denn sie hatte ihren Neffen bisher nur als einen rastlosen Menschen erlebt, der stets die Interessen und seine Wohnorte häufig wechselte.

Nachdem nun Fabrizio schon einige Monate in Venedig weilte, nutzte Maria eine ruhige Minute, um den jungen Mann auszufragen.

„Wie kommt es eigentlich, dass du hier so anhänglich geworden bist? Möchtest du vielleicht ganz hierbleiben? Willst du dir eine Arbeit suchen und hier sesshaft werden?"

Fabrizio verzog das Gesicht. „Du weißt doch, liebe Tante, dass ich nicht so weit im Voraus denke. Solange es mir hier gefällt, solange werde ich hierbleiben."

„Gut, du bist ja herzlich eingeladen", teilte ihm Maria mit. „Du wohnst hier, und du wirst von mir verköstigt, und dafür arbeitest du hier sehr schön in meinem Betrieb mit, da muss ich dich loben. Und wenn ich ehrlich bin, so kann ich auch einen Mann im Haus gut gebrauchen. Aber ich habe das Gefühl, dass du ein Auge auf Elisa geworfen hast. Ich bin ja nicht blind und sehe, wie du sie ansiehst. Was willst du von ihr? Was hast du mit ihr vor?"

Der junge Mann räusperte sich. „Was soll ich schon mit ihr vorhaben?! Sie ist eine ganz besondere Frau, und in der Art habe ich noch keine kennengelernt. Sie gefällt mir sehr gut, so gut, dass ich sie auch heiraten würde. Hast du etwa etwas dagegen?"

„Als du klein warst, warst du sehr unberechenbar, und manchmal warst du auch gar nicht zu finden. Einen solchen Partner hatte Elisa schon, und der hat ihr das Herz gebrochen. Wenn du dich jetzt um sie bemühst, und sie sich dir zuwendet, dann mag das am Anfang vielleicht passen, weil ihr beide hier mit Lust und Liebe arbeitet. Aber was ist später, wenn es dir plötzlich einmal einfällt, dass du wieder ein Weltenbummler sein möchtest?"

Fabrizio lachte. „Im Moment fühle ich mich sehr wohl hier. Venedig ist eine zauberhafte Stadt und bietet sehr viel Abwechslung. Da hat man alles, wofür man sonst auf der Welt zehn andere Städte besuchen muss. Und solange Elisa hier ist, ist die Serenissima zauberhaft schön."

„Aber wenn du doch wieder einmal deinen Wandertrieb verspürst, was dann?" bohrte Maria nach.

„Dann nehme ich Elisa natürlich mit", antwortete er mit Überzeugung und fester Stimme. „Sie hat doch auch das Wandern im Blut und ist schon überall gewesen, sogar in den angrenzenden Ausländern. Sie hat sich überall gut geschickt und hat Erfolg gehabt. Sicher wird sie dann mit mir mitkommen, denn eine Frau sollte ihrem Mann immer folgen."

Die Tante zeigte Falten auf der Stirn. „Die Zeiten sind dabei, sich zu ändern. Mittlerweile üben schon viele Frauen ihre eigenen Berufe aus und sind nicht mehr angewiesen auf den Verdienst ihrer Männer. Frauen sind dabei, ihre eigene Welt zu erobern. Und wenn ich mir Elisa anschaue, so denke ich, gerade sie ist jemand, der sich nicht einfach einfangen lässt."

Fabrizio schmunzelte. „Das wollen wir erst einmal sehen."

*

In der Pension arbeiteten Tante Maria, Elisa und Fabrizio als eingespielte Gemeinschaft, und die Zahl der Feriengäste nahm von

Monat zu Monat zu, Venedig schien der Ort zu sein, der für immer mehr Leute auf der Welt zur Traumstadt wurde.

Die junge Frau fand keine Zeit mehr, morgens die stillen Stunden der Serenissima auszunutzen, um zu zeichnen. Auch in der Nacht war sie zu müde, um noch zum Markusplatz zu laufen und sich dort Musik anzuhören. Trotzdem war sie sehr zufrieden mit ihrem Leben, denn die Arbeit mit Maria und den vielen interessanten Gästen bereitete ihr Freude.

Zwei Jahre waren inzwischen vergangen seit Fabricios Ankunft, und der junge Mann hoffte immer noch, Elisas Herz zu erobern.

Eines Tages fasste er sich ein Herz, überreichte der jungen Frau einen großen Strauß, frischer roter Rosen und bat sie um ihre Hand.

Seine Angebetete sah ihn erfreut an und dankte ihm. „Ich bin sehr froh, dich kennengelernt zu haben, und ich arbeite auch sehr gern mit dir zusammen, aber ich bin mir noch nicht sicher, ob ich mich schon binden kann. Ich sage nicht Nein, aber ich sage auch nicht Ja, ich brauche einfach etwas Zeit. Kannst du sie mir geben?"

Er unterdrückte seine anfängliche Enttäuschung. „Ich habe jetzt schon sehr lange gewartet, da kommt es jetzt nicht mehr auf ein paar Tage an. Darf ich dich denn etwas später wieder fragen?"

Sie küsste ihn auf die Wange. „Das darfst du, und ich verspreche dir, dass ich in der nächsten Zeit auf meine Gefühle achten werde, damit ich dir sagen kann, ob ich mit dir die Zukunft gestalten will."

Fabrizio gab sich damit zufrieden und arbeitete fleißiger denn je.

Einige Wochen vergingen, und der junge Mann beobachtete Elisa genau, ob sich irgendetwas an ihrem Verhalten veränderte. Eines Tages erhielt er ein Angebot aus Rom für die Leitung eines Hotels. Diese große Chance wollte er sich nicht entgehen lassen, und so bat er Elisa um ein erneutes Gespräch.

Er berichtete ihr von der verlockenden Stelle in der

Hauptstadt, und sie freute sich für ihn. „Das ist wirklich sehr schön für dich", fand sie. „Dieses Angebot musst du natürlich annehmen. So etwas bekommt man nicht alle Tage. Wie hat man dich entdeckt?"

Er lächelte. „Das ist eine verrückte Sache. Der Sohn des Hoteliers ist vor kurzer Zeit hier gewesen, hat mich beobachtet und kennengelernt. Und offenbar hat er mich auch schätzen gelernt, denn er hat seinem Vater von mir erzählt, und der will es mit mir probieren. Ausschlaggebend war, dass ich früher schon in so vielen Ländern und so viele Orten war, aus denen ich Erfahrungen mitbringen konnte. Als ich hierherkam, hat mir Tante Maria vorgeworfen, dass ich ein

Mensch sei, der überall und nirgends ist. Aber genau das wird mir nun zum Vorteil."

„So ist das manchmal in der Welt", überlegte sie. „Es gibt verschiedene Sichtweisen, und es kommt ganz drauf an, auf welcher Seite man gerade steht."

„Ja, damit hast du völlig recht", fand er. „Und da ich wirklich dieses Angebot annehmen möchte, aber mir auch keine Zukunft ohne dich vorstellen kann, da möchte ich dich noch einmal fragen, ob du mich heiraten möchtest und mit mir nach Rom kommst."

Elisa seufzte. „Das ist keine leichte Entscheidung, denn ich möchte Tante Maria nicht gern allein lassen."

Fabrizio schmunzelte. „Um sie musst du dir keine Sorgen machen! Hast du nicht gemerkt, dass sie schon viele Jahre lang einen Verehrer hat?! Das ist Carlo, der die Pension nebenan führt. Schon seit Jahren wirbt er um Maria und wünscht sich auch, die beiden Pensionen mit ihr gemeinsam leiten zu können. Dabei hätten beide noch den Vorteil, einige Erleichterungen genießen zu können."

Die junge Frau staunte. „Warum habe ich davon noch nichts gemerkt? Und warum ist Maria nicht schon längst darauf eingegangen? Mag sie diesen Carlo nicht?"

„Oh doch! Sie mag diesen Carlo sehr. Aber in der letzten Zeit hatte sie ja uns, und deswegen hat sie gezögert."

„Also gut, dann werde ich dir noch heute Abend Bescheid geben, damit du nicht noch länger warten musst.", versprach die junge Frau

Fabrizio war vorerst zufrieden und konnte sich den ganzen Tag nicht mehr auf die Arbeit konzentrieren. Er machte allerlei Fehler, auch Scherben gab es als Folge seiner Aufregung.

Als der Abend kam, wollte Elisa ihren guten Freund nicht mehr länger auf die Folter spannen. Was gab es überhaupt noch zu überlegen?! Rom war eine bezaubernde Stadt, und als Frau des Hoteldirektors würde sie es sicherlich nicht schlecht haben. Außerdem konnte Tante Maria dann endlich ihren langjährigen Verehrer Carlo erhören, und ihn vielleicht sogar heiraten. Dem Glück mehrerer Menschen durfte man wahrlich nicht im Wege stehen, schon gar nicht, wenn man selbst vor guten Aussichten stand.

Die junge Frau suchte Fabrizio auf, der gerade mit dem Kellner vor der Pension die Tische eingedeckt hatte.

„Hast du Zeit?" fragte sie den jungen Mann.

„Für dich immer", sagte er schnell und legte die Servietten beiseite.

„Ich werde mit dir kommen", teilte ihm Elisa mit.

Überglücklich nahm er sie in seine Arme, küsste sie und drehte sie im Kreis herum.

Etwas später feierten sie mit Tante Maria die Verlobung, und alle Anwesenden, auch die Gäste feierten fröhlich mit.

Auch Carlo hatte davon erfahren und gesellte sich zu ihnen. Sein Neffe, der sich in Venedig mit Straßenmusik ein wenig Geld verdiente, kam hinzu, spielte Gitarre und sang dazu Liebeslieder.

Als er das Lied „Parla più piano..." anstimmte, fühlte Elisa einen Stich im Herzen und konnte nicht mehr sitzen bleiben. Sie bat kurz um Entschuldigung und flüchtete in ihr

Zimmer, in dem sie sich aufs Bett fallen ließ und bittere Tränen weinte.

Je mehr sie weinte, desto verzweifelter wurde sie. Was sollte jetzt geschehen? In ihrem Herzen spürte sie immer noch die Liebe zu Vittorio. Durfte sie dann überhaupt Fabrizio ihre Hand reichen?

„Nein", entschied sie, „mit einer solchen Lüge darf ich keine Ehe eingehen."

Nachdem sie sich die Tränen getrocknet hatte, versuchte sie einen klaren Kopf zu bekommen. Sie wusch sich das Gesicht und kehrte kurze Zeit später wieder zu den Gästen zurück.

Inzwischen hatten viele dem Alkohol schon gut zugesprochen und merkten nicht, wie sich Elisas Stimmung verändert hatte. Lediglich Fabrizio und Maria fiel es auf, dass die junge Frau bei ihrer eigenen Verlobung etwas gedrückt wirkte.

Als bald nach Mitternacht alle Gäste den Vorplatz verlassen hatten, nahm der frisch Verlobte seine Braut beiseite.

Traurig sah er sie an. „Nicht wahr, es tut dir schon wieder leid, oder?"

„Es tut mir wirklich leid", antwortete sie mit Tränen in den Augen. „Ich hätte euch so gern alle glücklich gemacht, dich, Maria und auch Carlo. Aber etwas aus der Vergangenheit hält mich noch gefangen, und das ist mir vorhin schmerzlich klar geworden."

„Ich habe es gemerkt", verriet ihr Fabrizio. „Und tief in meinem Inneren habe ich es schon geahnt. Ich werde nach Rom gehen, ohne dich. Heute Nacht will ich schon fortgehen, weil ich den Morgen hier nicht mehr erleben möchte. Kannst du das verstehen?"

„Ich werde heute Nacht auch fortgehen, irgendwohin, wo mich keiner kennt", teilte ihm Elisa ihren Entschluss mit. „Ich werde Tante Maria einen Brief hinterlassen, in dem ich ihr alles erkläre, und sie um Verzeihung bitten. Dich bitte ich auch, mir zu verzeihen. Es tut mir leid, wenn ich dir wehgetan habe."

Er seufzte. „Ich bin es selbst schuld. Irgendwie hatte ich geglaubt, mich durch dich ändern zu können. Aber wenn ich es recht überlege, dann wäre es mit uns beiden bestimmt schiefgegangen. Denn ich bin ein echter Wander-Vogel, der die Abwechslung braucht. Du dagegen bist kein echter Wander-Vogel, du fliehst nur vor deinen Gefühlen und vor deiner Vergangenheit. Irgendwann wirst du dich ihr stellen müssen, damit du frei werden kannst."

Sie küsste ihn auf die Wange. „Ja, du hast es begriffen, und du hast mich verstanden. Ich wünsche dir in Rom alles Glück der Welt! Und wenn du dann irgendwann einmal wieder weiterziehst, denke daran, ich schicke dir alle meine guten Gedanken und Wünsche hinterher."

Noch in der gleichen Nacht packten die beiden jungen Menschen ihre Koffer und hinterließen Briefe an Tante Maria.

Gemeinsam gingen sie schweren Herzens zu Venedigs Bahnhof Santa Lucia. Sie verabschiedeten sich dort am frühen Morgen mit einer langen Umarmung und stiegen in zwei verschiedene Züge ein. Fabrizio ließ sich in den Süden tragen, in Richtung Rom, und Elisa fuhr in den Norden, nach Valdagno.

*

Im Tal des Agnos hatte sich der Schnee gerade verabschiedet, und die Wasser der kleinen Dolomiten strebten mit großer Gewalt ins Tal, überschwemmten die Ufer und trugen alles mit sich fort, was nicht fest verankert war. Auch zwei kleine Holzboote, die sich vor vielen Jahren an dem Geäst einer Wurzel verfangen hatten, lösten sich durch das wild gewordene Wasser und wurden weitergetragen.

Elisa kehrte in ihr Elternhaus zurück, in dem ihr inzwischen sehr alt gewordener Vater immer noch von Teresa gepflegt wurde.

„Du bist eine treue Seele", sagte die junge Frau zu der Nachbarin. „Das bisschen Geld, dass ich dir dafür zuteilwerden lasse, ist lange nicht genug für das, was du alles schaffst. Aber jetzt bin ich zurück und kann dir helfen."

Die ältere Frau lächelte. „Es ist lieb von dir, dass du meine Arbeit anerkennst, aber ich gestehe dir auch ein, dass ich diese Arbeit brauche. Es ist nicht wegen des Geldes, nein, ich komme mit meiner Rente gut zurecht. In meinem Häuschen habe ich eine Wohnung an zwei freundliche Bergsteiger vermietet, das bringt noch ein wenig finanzielle Unterstützung. Nein, ich helfe gern und liebe das Gefühl, gebraucht zu werden. Das zieht sich schon mein ganzes Leben hindurch. Ich habe immer für irgendjemanden gut gesorgt, und es hat mir Freude gemacht. Dabei habe ich nun in diesem Fall auch besonderes Glück. Dein Vater hat zwar das Gedächtnis verloren, aber er ist dabei immer freundlich, und das ist eine Seltenheit. Viele alte Menschen werden unzufrieden, besonders, wenn sie sich nicht mehr mit allem selbst helfen können."

Elisa atmete auf. „Da bin ich beruhigt, denn ich fürchtete schon, dass dir alles zu viel werden kann. Trotzdem werde ich dir jetzt etwas Arbeit abnehmen, denn ich habe vor, hier in der Gegend zu bleiben."

„Was willst du jetzt tun?" fragte Teresa interessiert.

„Ich bin noch nicht fertig mit meinen Überlegungen und schwanke noch ein wenig, in welche Richtung ich mich fortbewegen soll. Vielleicht eröffne ich in diesem Haus für die Sommergäste ein kleines Gartencafé oder eine Schankwirtschaft. Auf jeden Fall soll es irgendetwas sein, das ich in den Außenanlagen betreiben kann, ohne die Bewohner zu stören."

„Das ist eine gute Idee", fand die ältere Frau. „Wir sind hier inzwischen auch ein sehr berühmter Ort geworden. Viele Urlauber besuchen inzwischen unsere romantischen Wasserfälle in Recoaro. Viele Besucher suchen den Brunnen in Recoaro Terme auf. Da wird es so manchen Spaziergänger geben, der sich auf einem Weg in die Natur bei dir etwas erfrischen möchte."

„So wünsche ich mir das", gab Elisa zu. „Ist eigentlich hier immer noch alles so wie früher? Gibt es noch den Schwanenweiher in Recoaro Terme?"

Teresa nickte. „Hier bei uns ist das letzte Schwanenpaar vierzig Jahre alt geworden, und gerade haben wir wieder Junge gesehen, die erst kürzlich aus den Eiern geschlüpft sind."

„Wie schön! Es ist alles wie immer. Ist die Almwirtschaft auch noch geöffnet?"

„Auch die gibt es noch, und man kann sich dort nach einer Wanderung ausruhen. Du siehst, in der Heimat ist alles so geblieben, wie es immer war."

„Daran will ich ja auch nicht viel verändern", überlegte sie. „Und ich habe viel von der weiten Welt gesehen, und sie ist überall schön. Und die Menschen, die hier zu uns ins Tal finden, wollen die Natur genießen und das Ursprüngliche sehen. Für die will ich alles herrichten."

„Wenn du magst, kann ich dir auch dabei ein bisschen helfen", schlug Teresa vor.

„Nur wenn du dich dabei nicht überarbeitest", entschied die junge Frau. „Und jetzt musst du mir noch sagen, was ich meinem Vater zum Geburtstag kaufen kann. Vielleicht kann man ihm doch eine kleine Freude machen."

„Ich backe ihm einen Kuchen", berichtete die ältere Frau. „Sein Lieblingskuchen ist ein Spezialrezept von mir, mit ganz viel Schokolade. Und was du ihm schenken könntest, das fällt mir auch gerade ein. Vor einiger Zeit besaß er eine kleine Mundharmonika, auf der hat er herumgespielt. Aber er hat sie irgendwo verloren, und weiß natürlich auch nicht mehr, wo. Am besten gehst du in den Musikladen und schaust nach, ob du dort eine ähnliche findest. Erinnerst du dich noch an dieses Instrument?"

Elisa nickte. „Oh ja, das ist ein sehr altes Stück. Ich glaube, meine Mutter hatte sie ihm einmal geschenkt. Dann hoffe ich, dass ich eine ähnliche finden kann."

„Im Musikladen gibt es viel Auswahl", wusste Teresa. „Da wirst du bestimmt etwas finden. Eine junge Frau arbeitet dort manchmal, während ihr Sohn in der Schule ist. Vielleicht kennst du sie sogar, sie ist von hier, wohnt in der Nähe und heißt Lucia."

„Lucia?" rief Elisa erstaunt aus. „Etwa die Lucia, mit der ich als Kind befreundet war? Das war die Tochter des Postboten."

„Genau die ist es, und sie ist verheiratet mit einem Angestellten des Bürgermeisteramtes. Das ist ein braver Mann, und außerdem sieht er noch sehr gut aus. Alle Mädchen im Umkreis haben für ihn geschwärmt, aber nur Lucia ist es gelungen, ihn einzufangen."

Die junge Frau lächelte. „Lucia war immer schon ein sehr hübsches Mädchen, und alle Jungen haben sich nach ihr umgedreht. Da ist es kein Wunder, dass es solch einer jungen Frau gelingt, sich einen hübschen jungen Mann einzufangen. Und meine Freundin ist nicht nur wunderschön, sie ist auch klug und liebenswert. Das sind ja interessante Neuigkeiten. Jetzt hast du mich tatsächlich noch neugieriger gemacht, und ich werde sofort losgehen und die Mundharmonika besorgen."

Rasch zog sie sich um und machte sich auf den Weg zum Musikladen.

*

Elisa verspürte ein seltsames Gefühl, als sie durch die altbekannten Straßen ging. Einerseits kamen sie ihr fremd vor, andererseits doch so vertraut, und sie fragte sich, ob sie nicht das Fremdartige war, das noch nicht hierhergehörte und sich erst wieder an die alte Zeit erinnern und anpassen musste.

Mutig öffnete sie die Ladentür und erblickte eine junge Frau hinter der

Theke, die sie sofort wiedererkannte. Kein Zweifel! Das war Lucia, und sie hatte sich nur wenig verändert, war lediglich reifer, aber noch viel schöner geworden.

Mit einem Lächeln auf dem Gesicht strebte Elisa auf die Verkäuferin zu. „Guten Tag, junge Frau! Haben Sie Zeit, mich zu bedienen?"

Lucia traute ihren Augen nicht, als die Fremde näherkam und sie die alte Freundin wiedererkannte.

„Bist du es wirklich? Elisa! Ich kann es gar nicht glauben. Wie lange haben wir uns schon nicht mehr gesehen?!"

„Viele Jahre", antwortete die Freundin. „Es scheint eine Ewigkeit her zu sein. Aber du siehst noch genauso aus wie früher, ich habe dich sofort wiedererkannt."

„Auch dich habe ich sofort wiedererkannt", verriet Lucia. „Du hast dich überhaupt nicht verändert. Aber sag mal, bist du jetzt hier und bleibst du hier? Wir könnten unsere alte Freundschaft wieder aufleben lassen. Ich könnte nämlich eine gute Freundin gut gebrauchen."

Elisa lächelte. „Eine gute Freundin kann man immer gebrauchen. Und ja, ich bin jetzt hier, und ich will auch hierbleiben, denn ich möchte in unserem großen Garten eine Schankwirtschaft eröffnen, gemeinsam mit Teresa, unserer Nachbarin."

„Das ist eine gute Idee", fand Lucia. „Inzwischen haben wir viele Urlauber in unserer Gegend, die wollen gut bedient werden. Aber warum willst du das denn allein machen, bist du nicht verheiratet?"

Elisa seufzte. „Ich war zweimal verlobt, und beide Male nur für eine ganz kurze Zeit. Jetzt bin ich allein und möchte auch erst mal meinen Weg allein gehen. Aber ich habe gehört, dass du verheiratet bist und einen Sohn hast. Ist das wahr?"

„Ja, da hat man dir die Wahrheit erzählt. Mein Sohn geht in die Schule, und ist ein schlauer Kopf. Sein Vater ist der charmanteste Mann im ganzen Ort, aber leider ist er kein bisschen ehrgeizig. Er hätte schon mehrere Male eine

Chance gehabt, weiterzukommen. Aber stattdessen beschäftigt er sich in seiner Freizeit nur mit seiner Musik, das ist wirklich nicht schön für mich."

Elisa staunte. „Aber du beschäftigst dich doch hier auch mit Musik. Ist das denn nicht auch ein Thema für dich und dein Leben?"

„Im Laden, das ist meine Arbeit, dafür bekomme ich Geld. Aber für ihn ist Musik nur ein Hobby, mit dem er keinen Cent verdient. Dabei könnte er tatsächlich etwas Geld damit verdienen, denn er komponiert und hat noch andere musikalische Talente, die man zu Geld machen könnte. Aber da stellt er sich stur, und es ist nichts zu machen."

„Das ist schade, dass ihr die Freude an der Musik nicht teilen könnt", fand Elisa. „Ich denke Musik ist ein Himmelsgeschenk, und ich kann zwar nicht musizieren, aber ich versuche das, was ich sehe und empfinde, in kleinen, musikalischen Bildern aufzuzeichnen."

„Da kann ich dir nicht ganz folgen", verriet Lucia, „aber du warst schon immer die Romantischere von uns beiden. Ich bleibe lieber mit den Füßen auf dem Boden und lebe das Leben bewusst und praktisch. Musik ist etwas für Künstler oder ganz reiche Leute. Und mit deiner Malerei wirst du auch nicht viel weiterkommen. Wenn du erst einmal Gäste bei dir hast, findest du sicher auch keine Zeit mehr dafür."

„Das mag schon sein", räumte Elisa ein. „Aber ich hoffe, dass ihr beide trotzdem glücklich seid, du und dein Mann. Es kann doch nicht sein, dass euch die Musik auseinanderbringt."

Lucia runzelte die Stirn. „Es ist ja nicht die Musik selbst, sie kann gar nichts dafür. Aber es ist die Lebenseinstellung, die dazu gehört. Mein Mann nimmt diese Dinge sehr wichtig und vernachlässigt den normalen Lebensalltag dadurch, wenn er in seiner unsichtbaren Welt lebt. Er packt einfach nicht so zu, wie ich mir das wünsche. Er hat es immer versteckt und mir erst zu spät gezeigt, denn er ist ein Romantiker, und das habe ich leider erst viel zu spät erfahren. Wir streiten oft darüber, und ich gebe zu, dass ich häufig mit ihm schimpfe. Und deswegen ist er wiederum unzufrieden."

„Ich hoffe, dass ihr das gut hinbekommt!" wünschte ihr Elisa. „Wenn ihr euch wirklich liebt, werdet ihr die Verschiedenheit überbrücken können."

„Darüber bin ich mir aber nicht mehr ganz so sicher", verriet Lucia. „Ich habe ihn damals unbedingt erobern wollen, weil alle ihn wollten, und ich mir etwas beweisen musste. Er war auch schon einmal sehr verliebt und hat seiner großen Liebe lange nachgetrauert, so wie das ein Romantiker eben tut. Aber ich versuche immer noch, ihn mir zurechtzubiegen. Noch habe ich die Hoffnung nicht aufgegeben."

Elisa atmete tief. „Ich weiß nicht, ob das geht, ob man Menschen wirklich zurechtbiegen kann. Hast du denn schon einmal daran gedacht, dich von ihm zu trennen?"

Die junge Frau schüttelte energisch den Kopf. „Ich bin doch keine Verliererin. Nein, das würde ich nie tun. Das heißt doch, dass ich dann eingestehe, einen Fehler gemacht zu haben. Nein, mein Mann, der gehört mir, und den gebe ich an keine andere Frau ab. Ich habe mich dafür zum Narren gemacht, und nun will ich alles versuchen, einen vernünftigen Menschen aus ihm zu machen."

„Wenn du ihn liebst, wirst du mit ihm bestimmt einen Weg finden", hoffte Elisa. „Ich habe mich von meinem zweiten Verlobten ganz bewusst getrennt, weil ich ihn nicht genug liebte. Das war auch keine leichte Entscheidung, denn Rom wäre sicher auch interessant geworden. Doch jetzt fühle ich mich sehr wohl in meiner Heimat und hoffe, Frieden finden zu können."

„Ich hoffe, du findest deine Romantik hier", wünschte ihr Lucia schmunzelnd. „Aber bist du hierhergekommen, um mich zu treffen, oder hattest du noch einen anderen Wunsch? Kann ich dir vielleicht etwas Musik bieten?"

Elisa nickte. „Tatsächlich möchte ich noch eine Mundharmonika kaufen, und zwar für meinen kranken Vater, der in den nächsten Tagen Geburtstag hat. Er hat viele Dinge aus dieser Zeit vergessen, und das meiste auch aus der Vergangenheit, aber Mundharmonika spielen, das kann er immer noch. Leider hat er sein Instrument verloren, und ich bin hier, um ein neues zu kaufen."

„Davon haben wir hier mehr als genug", teilte ihr Lucia mit und holte mehrere Harmonikas aus der Schublade. „Such dir eine aus! Ich gebe dir auch Rabatt."

Die Freundin fand bald das, was sie suchte, und ließ sich von der Verkäuferin das Musikinstrument als Geschenk einpacken. „Du kannst mich gern einmal besuchen", schlug sie vor.

„Du bist auch bei uns herzlich willkommen", erwiderte Lucia. „Und wenn dein Vater die Musik so liebt, dann kann ich meinen Mann einmal zu euch schicken. Er könnte den alten Mann erfreuen, und dann hätte seine Musik wenigstens einen Sinn."

„Ihr könnt auch gern gemeinsam zu uns kommen", fiel es Elisa ein. „Dann können wir beide wieder ein gemeinsames Stündchen miteinander verbringen, du und ich, ganz so wie früher."

„Ich komme gern ein andermal zu dir", versprach die Freundin. „Aber wenn sich Vittorio einmal in sein künstlerisches Rauschmittel vertieft hat, dann ist er in einer anderen Welt und nicht mehr zu gebrauchen."

Elisa horchte auf. „Wie heißt er?"

„Vittorio, und er wirkt auch so. Wie ein richtiger Siegertyp, aber das ist er nur noch außen hin. In seinem Inneren ist er ein Papiertiger."

Die junge Frau schwankte etwas und hielt sich am Tresen fest. „Oft sind die Menschen sehr vielschichtig und haben auch unterschiedliche Seiten. Ich habe überall in den verschiedenen Ländern sehr viele Menschen kennen gelernt, und ich muss sagen, es war immer sehr interessant. Manchmal zeigten sie sich so, wie sie auch in ihrem Inneren waren. Aber manchmal trugen sie auch Masken, und ich staunte sehr, wenn ich sie dann näher kennenlernte. Doch nach all diesen Reisen glaube ich, dass alle

Menschen verschiedene Seiten haben. Und sicher hat auch jeder seine Sonnenseite mit dem dazugehörigen Schatten."

Lucia lachte. „Das hast du sehr schön gesagt. Ich glaube, du wärst eine gute Rechtsanwältin geworden. Dieses Larifari ist nichts für mich. Ich liebe klare Verhältnisse und gewisse Ordnungen, an die man sich halten kann. Den ganzen Tag bin ich hinterher, um das aufzuräumen, was Vittorio liegen lässt, wenn er sich mit seiner Traumwelt beschäftigt. Da liegt hier ein Notenblatt herum und dort ein Buch, hier ein Instrument und dort ein Taschentuch, das er vergessen hat. Man muss auf ihn aufpassen, wie auf ein kleines Kind. Ob du das nun glaubst oder nicht, er ist schlimmer als unser Sohn."

Elisa lächelte. „Du wirst es bestimmt schaffen! Ich kenne dich als eine sehr energische Person, und wenn du dich nicht von ihm trennen möchtest, dann schaffst du es sicher, euch ein lebenswertes Leben zu gestalten."

„Das hoffe ich auch", erwiderte Lucia mit fester Stimme. „Ich habe bestimmte Vorstellungen von meinem Leben, und so werde ich es mir auch einrichten."

Die Freundin lächelte. „Bravo! So kenne ich dich noch von früher. „Und wenn du doch einmal Lust hast, dann gehen wir zusammen zu den

Wasserfällen, wie damals, als wir die gute Fee getroffen haben."

Lucia lachte und nahm das Geld für das Musikinstrument im Empfang. „Das war doch nur ein Traum. Das haben wir uns bestimmt alles nur eingebildet. Schließlich hast du auch nicht deinen Traummann gefunden. Aber trotzdem! Dann wünsche ich dir jetzt viel Spaß mit der Harmonika und bis bald!"

„Bis bald!" erwiderte Elisa. „Und ich wünsche dir, dass du dein Leben wieder in die Reihe bekommst!"

Eilig verließ sie den Laden und blieb vor der Tür erst einmal aufatmend stehen.

War es nicht merkwürdig, dass Lucias Mann Vittorio hieß? Aber sicher gab es auf der Welt unzählige Vittorios, und sehr viele von ihnen liebten sicherlich auch die Musik. Manchmal erwies sich die Welt zwar als klein, aber so klein war sie doch nun wohl nicht, dass ihr Verlobter aus Luttago nach Recoaro gefunden hatte!

Nachdenklich spazierte sie mit der Mundharmonika nach Hause.

Nach diesem Erlebnis stiegen in Elisa viele alte Erinnerungen wieder hoch. Vor ihren inneren Augen sah sie Vittorio vor sich, ganz so liebevoll, wie er gewesen war.

In diesem Moment begann ihr Herz wieder schneller zu schlagen, und sie spürte, dass die große Liebe zu ihm in ihrem Inneren nur ein wenig geschlafen hatte.

Dabei war sie nicht kleiner geworden, nein, die junge Frau hatte das Gefühl, dass sie sich enorm vergrößert hatte und nun, wie ein Flächenbrand, auszubrechen drohte.

Wenn das wirklich ihr Verlobter Vittorio war, wenn es sich bei Lucias Ehemann um ihren Liebsten handelte, dann musste etwas geschehen.

Zwar wollte Elisa in diesem Fall nicht aus dieser Gegend fliehen, nicht schon wieder den Wohnort wechseln, aber sie fühlte sich gedrängt, in ihrem Herzen einen Wandel zu verursachen, der das Leben in Vittorios Nähe einigermaßen lebbar und erträglich machen würde.

Nach einigem Grübeln kam es ihr in den Sinn, den Ort aufzusuchen, an dem sie vor vielen Jahren die schöne Fee getroffen hatte.

Dieser Frau musste sie unbedingt die Entwicklung der Geschichte erzählen, vielleicht wusste sie einen Rat in dieser traurigen

Herzensangelegenheit.

Offensichtlich hatte dieses Zauber-Wesen die Erfüllung ihres Herzenswunsches in die Wege geleitet und ihr den Traumprinzen beschert. Aber dann war wohl irgendetwas schiefgelaufen, und vielleicht hatte Giovanna die Möglichkeit, die Angelegenheit zu ordnen. Wenn dieser Vittorio Lucias Ehemann war, und es sah ganz danach aus, dann war es wohl das Beste, wenn die gute Fee einen Zauber anwandte, um diese verworrenen Liebesgefühle zu entwirren.

Elisa nahm sich vor, Giovanna darum zu bitten, die tiefen Gefühle für Vittorio aus ihrem eigenen Herzen zu löschen. Das erschien der jungen Frau die einzige Möglichkeit zu sein, Klarheit zu schaffen.

Sie übergab der freundlichen Pflegerin ihres Vaters die Mundharmonika und wählte den Weg zu den Wasserfällen.

Wie eh und je stürzten sich die Wassermassen vehement in die Tiefe, bearbeiteten dort die alten Steinbecken und strebten mit Macht und lautem Getöse eine Stufe tiefer, um ihr temperamentvolles Spiel von vorn zu beginnen und auf diese Art und Weise eindrucksvoll weiterzukommen.

Die junge Frau sah dem Treiben eine Weile zu, während einige hoch spritzende Wassertropfen ihre heißen Wangen kühlten.

Plötzlich hatte sie das Gefühl, nicht mehr allein zu sein, und als sie sich umdrehte, entdeckte sie eine männliche Gestalt, bei deren Anblick ihr das Herz fast stehen blieb.

So, als hätte ihn ihr Herz herbeigerufen, stand plötzlich Vittorio vor ihr, ihr ehemaliger Verlobter.

Und während er noch glaubte, seinen Augen nicht trauen zu können, versuchte sie, sich aus der Starre der Verzauberung zu lösen, um so schnell wie möglich davonzulaufen.

Doch in diesem Augenblick hatte er festgestellt, dass ihre Erscheinung kein Trugbild, keine Fantasiegestalt war, und er nahm sie zärtlich in die Arme und hielt sie fest.

„Jetzt lasse ich dich nie mehr los", stieß er erregt aus. „Einmal habe ich dich schon verloren, aber das wird mir jetzt nie wieder passieren."

Obwohl ihr Herz fast zum Zerspringen klopfte, bemühte sie sich um Ruhe und klare Gedanken.

„Du bist verheiratet und gehörst jetzt meiner Freundin Lucia. Ihr solltest du treu sein. Wir beide haben kein Recht auf unsere Liebe, und deswegen müssen wir einen Weg finden, um in Frieden auseinandergehen zu können."

„Das ist nicht möglich", behauptete er. „Denn ich spüre jetzt, dass ich nie aufgehört habe, dich zu lieben. Meine Ehe mit Lucia war ein Irrtum und hätte nicht passieren dürfen. Doch es hat sich längst gezeigt, dass wir uns nicht so lieben, wie es für ein Paar gut ist. Ich habe erfahren, dass sie mich unbedingt erobern wollte, weil sie sich und den anderen etwas zu beweisen hatte. Mein Herz jedoch war traurig und leer, weil du mir gefehlt hast, und ich hoffte, diese Lücke mit Lucia wieder schließen zu können. Auch das war ein großer Irrtum, denn, wie ich jetzt erkenne, liebe ich dich heute noch mehr als früher. Als ich dich eben sah, habe ich gefühlt, dass es eine heilige Bestimmung für uns ist, unsere Liebe zu leben."

Sie ließ nicht zu, dass er sie enger an sich zog und stöhnte. „Wir haben kein Recht auf unsere Liebe, und deswegen möchte ich mit dir jetzt zu der Fee Giovanna gehen, die uns unsere Begegnung geschenkt hat. Sie allein kann uns helfen, und alles wieder in Ordnung bringen."

Er schüttelte den Kopf. „Nein, so darfst du nicht reden! Liebe ist ein Geschenk, das vom Himmel kommt. Und wenn die Liebe dich ruft, dann sollst du ihr folgen. Sie ist nichts Böses, sie ist immer ein Quell des positiven Lebens."

Sie sah ihn ernst an. „Wenn du mich wirklich liebst, dann begleite mich bitte zu dem Ort, an dem Lucia und ich damals die Fee getroffen haben. Ich möchte jetzt nicht eigenmächtig und selbstsüchtig sein, sondern auf den Rat eines Himmelwesens hören.“

Vittorio gab nach. „Damit du siehst, wie sehr ich dich liebe, werde ich dich dorthin begleiten. Aber ich kann dir nicht versprechen, dass ich auf den Rat dieser Fee höre, denn mein Herz sagt mir genau, dass ich dich immer lieben muss.“

Darauf gab sie ihm keine Antwort, sondern nahm ihn an der Hand und führte ihn durch den Wald zu der verborgenen Lichtung.

Demütig kniete sie sich ins Gras und bat die Fee um ein Erscheinen.

In einem leichten Nebel tauchte unvermittelt eine große

Frauengestalt auf, die sich in ein langes, weißes Gewand gehüllt hatte.

Elisa erkannte das Zauberwesen und atmete erleichtert auf. „Ich danke dir, dass du dich uns zeigst, und ich bitte dich inständig, uns zu helfen. Kennst du unsere Liebesgeschichte?

Giovanna lächelte. „Du hast dir damals die große Liebe deines Lebens gewünscht, und sie ist dir begegnet. Aber alles im Leben hat seinen Preis. Dein Liebster, Vittorio, der wird es wissen, denn er hat früher schon in einem Beruf gearbeitet, der sehr viele Gefahren mit sich brachte, und für den er dich sogar verlassen musste. Und todesmutig, wie er war, ist er auch in die Berge gestiegen und hat Dinge gewagt, vor denen andere Angst haben. Der Preis für den Mut ist auf den ersten Blick nicht erkennbar. Aber dieses Gefühl isoliert nicht nur vom Leben, sondern auch von der Liebe. Mit Mut bist du ein Fremder, ein Einzelgänger, ein Weltenbummler, einer der vorübergeht und keine Heimat findet. Und der muss nicht Festhalten an einer Liebe, die er besitzt, an der er haften bleibt. Aber auch ihr hofftet beide insgeheim auf das Unmögliche, auf eine ewige Liebe, und so wurden eure Seele miteinander verbunden und eure Herzen mussten sich suchen. Von da an war keiner von euch beiden mehr allein, auch wenn ihr getrennt wart und es Tage gab, an denen ihr nicht aneinander gedacht habt.

„Dann hat uns also der Himmel diese große Liebe geschenkt?" erkundigte sich Elisa staunend.

„Ja, die wahre Liebe wird im Himmel geboren wie ein neuer Stern und findet zuweilen auf die Erde. Sie ist ein Geschenk, das beachtet und gehütet werden muss."

Die junge Frau blickte die Fee verzweifelt an. „Aber unsere Situation ist gar nicht so, dass wir diese Liebe leben können. Es wäre eine Sünde, wenn wir jetzt nur an uns denken wollten."

„Ich sprach eben davon, dass der Mut auch seinen Preis hat. Aber auch die Liebe hat ihren Preis. Ihr werdet eure Gefühle tatsächlich eine ganze Weile lang nicht so leben können, wie ihr euch das wünscht, aber ihr werdet damit glücklich sein können."

„Ich möchte Lucia auf keinen Fall wehtun", entschied Elisa. „Sie ist meine Freundin, und auch sonst möchte ich ihr nicht Vittorios Liebe wegnehmen."

„Die beiden haben sich nie wirklich geliebt", wusste Giovanna. „Und das ist ihnen auch bewusst. Und es wird sich einen Weg finden lassen, der für alle erträglich ist."

Vittorio meldete sich zu Wort. „Ich möchte mit Elisa zusammen sein, jeden Tag, und ich möchte sie lieben können, jeden Tag. Ich möchte sie spüren und verwöhnen und mit ihr die Musik erleben, denn in dieser Welt sind wir zu Hause."

„Ganz so, wie du dir das vorstellst, wird es in den nächsten Jahren nicht sein", prophezeite die Fee. „Ihr könnt euch ab und zu sehen und euch viele Briefe schreiben. Aber eine Sehnsucht wird bleiben, denn als menschliche Wesen könnt ihr euch nicht lieben, nicht in einer verschmelzenden Umarmung."

Vittorio seufzte. „Ist das wahr? Da muss es doch irgendeinen Zauber geben, der es uns ermöglicht, uns vollkommen zu lieben."

Giovanna lächelte. „Es gibt tatsächlich eine einzige Möglichkeit. Aber sie ist nur eine Notlösung und mit Gefahren verbunden, dafür braucht man auch viel Mut."

„Ich bin für alles bereit", erklärte der junge Mann. „Sag mir nur, was ich tun soll, und ich werde alles erledigen."

„Jeden Monat, wenn es Vollmond ist, dann habt ihr die Möglichkeit euch zu treffen und euch zu lieben, ganz so, wie ihr es wollt, und zwar genau eine Stunde lang, von Mitternacht an. Doch wenn die Stunde vorbei ist, müsst ihr ein Ende finden und euch trennen, schnell und ohne zu zögern."

„Das ist wunderbar", fand Vittorio. „Eine Stunde im Monat, das ist wunderschön."

„Freu dich nicht zu früh!" warnte ihn Giovanna. „Es ist mit einer Gefahr verbunden."

„Es ist mir alles wert", antwortete der junge Mann schnell. „Ich werde alles dafür tun."

„Der Ort, an dem ihr euch treffen müsst, das ist Recoaro Terme, dort wo der kleine Weiher ist, in dem sich die Schwäne aufhalten. Punkt Mitternacht müsst ihr dort sein, und wenn ihr euch dort die Hand reicht, werdet ihr in Schwäne verwandelt. Als weiße Vögel rauscht ihr davon zu den Ufern des Agnos, an dem ihr euch wieder in Menschen verwandelt. Dort, wo das Leben so hörbar an euch vorüberfließt, dürft ihr euch lieben mit brennendem Herzer, verschlungener Seele und

239

körperlich vereint. Doch euer Glück währt nicht lange. Denn schon eine Stunde später müsst ihr euch wieder in das Schwanenkostüm werfen und zurück zum Weiher fliegen. Von dort schwimmt ihr zum Ufer, an dem ihr bei der Berührung der Erde wieder eure menschliche Gestalt erlangen werdet. Wenn die Kirchturmuhr meldet, dass der Tag schon eine Stunde alt ist, ist der ganze Traum vorbei. Seid ihr nicht pünktlich zurück, müsst ihr für immer Schwäne bleiben."

Erschrocken sahen sich die beiden jungen Menschen an.

„Das ist wirklich ein hoher Preis, um die Liebe leben zu können", fand Elisa. „Ich möchte Vittorio nicht in Gefahr bringen."

„Wenn du dich nicht fürchtest, ich fürchte mich nicht", erwiderte er. „Wir müssen eben vorsichtig sein und dabei bescheiden bleiben. Aber immerhin sind das viele Minuten des Glückes, und die würde ich sehr gerne mit dir erleben, meine Liebste!" wandte er sich an die junge Frau.

Die Fee hatte ihnen still zugeschaut. „Es ist nicht der einzige Preis, den ihr zahlen müsst. Du Vittorio, hast von nun an die Aufgabe, alle materiellen Wünsche deiner Frau Lucia zu erfüllen, denn das ist für sie das Lebensglück, das sie sich wünscht. Dafür musst du fleißig sein und noch mehr arbeiten, und du wirst weniger Stunden für deine Musik übrighaben. Auch du, Elisa, wirst dich mehr um deine

Gäste kümmern müssen. Es wird dir keine Zeit mehr zum Zeichnen bleiben, oder nur noch sehr wenig, denn ihr sollt Menschen werden, die für andere da sind. Das ist der Preis."

„Das will ich gern", entschied die junge Frau. „Und ich habe immer schon geahnt, dass diese Liebe etwas Besonderes ist. Sie ist so groß und so tief, und sie füllt nicht nur alles in mir aus, sie ist auch der Sinn meines Lebens. Auch wenn ich das in der letzten Zeit versucht hatte zu verdrängen, so ist es mir jetzt wieder ganz bewusst geworden, dass Vittorio für mich meine Lebensmitte ist."

Vittorio hatte still gelauscht. „Ich empfinde es wie du, und hätte es nicht schöner sagen können. Wenn ich dich sehe, oder auch nur an dich denke, dann fühle ich etwas ganz Großes in mir, dass mir Kraft und Freude gibt, du bist für mich ein Quell der Liebe, der mich speist, und der mir so viel Kraft gibt, dass ich auch jedes schwierige Leben meistern kann. Ich fühle mich von dir angeregt wie von der Luft im Frühling und bewegt wie von himmlischer Musik und doch auch gleichzeitig in einem Frieden, der mich wissen lässt, dass ich in dir alles finde, was ich brauche."

„So soll es sein, und so sei es", sagte die Fee. „Und deswegen könnt ihr jetzt euer Leben selbst in die Hand nehmen. Euer Wunsch nach gemeinsamen Stunden soll gewährt werden."

Mit diesen Worten verschwand sie vor ihren Augen, und die beiden jungen Menschen sahen sich erstaunt, aber dennoch erleichtert an.

Glücklich umarmte Vittorio seine Braut, wie er sie nannte. „Unser Traum von Recoaro Terme, lass ihn Wirklichkeit werden!"

Sanft löste sie sich aus seiner Umarmung. „Den Preis müssen wir dafür bezahlen. Und deswegen eile ich jetzt nach Hause. Auch du wirst gehen müssen. Aber zum nächsten Vollmond, da sehen wir uns wieder."

Bevor sie entfliehen konnte, küsste er sie sanft auf die Lippen, und sie empfand es als Versprechen.

Beschwingt eilte Elisa nach Hause und stürzte sich dort voller Vorfreude auf das Treffen mit Vittorio in die Arbeit.

So vergingen die nächsten Tage im Flug, und die junge Frau arbeitete bis in die Nacht hinein, um ihre Gartenwirtschaft bald eröffnen zu können.

Zwischendurch kümmerte sie sich um den Vater, der sie zwar nicht erkannte, aber sich dennoch von ihr im Garten umherführen ließ und ein freundliches Gesicht zeigte.

Abends vor dem Einschlafen träumte Elisa mit offenen Augen von Vittorio und ihrem Wiedersehen.

Nach einer weiteren Woche fand sich eines Nachmittags Lucia bei ihr ein und brachte einen Kuchen mit. „Ich muss mit dir unbedingt etwas feiern", begann die Freundin.

Elisa erschrak, und ihre Gedanken malten ihr verschiedene Bilder, die ihr ungute Gefühle verursachten. Was wusste sie? Hatte sie irgendetwas gemerkt? Hatte Vittorio vielleicht sogar etwas verraten?

„Das freut mich für dich", antwortete sie zaghaft. „Hast du in einem Preisausschreiben gewonnen?"

Gemeinsam deckten sie draußen den Kaffeetisch und setzten sich auf die Gartenstühle.

„Du fragst mich, was wir feiern? Ich habe mich mit meinem Mann ausgesprochen. Wir wollen in unserem Leben einiges verändern. Er hat jetzt einen höheren Posten angenommen, bei dem er sehr viel mehr Geld verdient. Jetzt kann ich mir all das kaufen, was ich möchte. Jetzt werde ich eine angesehene Frau, die sich überall zeigen kann."

„Das freut mich sehr für dich", antwortete Elisa erleichtert. „Aber dann hat dein Mann weniger Zeit für dich. Tut dir das nicht leid?"

„Er hat mich zu Hause sowieso immer nur genervt. Da kann ich gar nichts mit ihm anfangen, und auch im Haushalt ist er zu nichts zu gebrauchen. Er macht es mir einfach nicht gut genug. Jetzt ist er dort, wo er gebraucht wird, und das ist gut so. Nun muss ich auch nicht ständig mit Watte in den Ohren rumlaufen, denn seine musikalischen Übungen haben mich sehr genervt und mir meine Ruhe genommen. Das war schlimm, als er mit diesem unnützen Hobby seine Zeit vertrödelte. Im Bürgermeisteramt ist er besser aufgehoben."

„Dann hat er aber auch weniger Zeit für deinen Sohn", wandte Elisa ein.

„Ach, der ist jetzt in einem Alter, in dem die Kinder lieber mit ihren Freunden draußen herumtoben. Mit der Musik seines Vaters konnte er auch nichts anfangen. Ich glaube, er ist mir sehr ähnlich."

„Es ist schön, dass du jetzt glücklicher bist", antwortete die Freundin mit ehrlicher Freude. „Schließlich seid ihr noch nicht so viele Jahre verheiratet, und wenn man da schon das Gefühl hat, in einer Sackgasse angekommen zu sein, dann ist das sehr betrüblich. Wie erfreulich, dass ihr jetzt einen Weg gefunden habt, das Leben weiter gemeinsam gehen zu können."

Lucia schmunzelte. „Nun ja, ich kann nicht dafür garantieren, dass ich ihn nicht doch eines Tages fortschicke, denn an unserer Verschiedenheit hat sich durch die neuen Entwicklungen nicht geändert. Wir können aber auf diese Weise besser damit umgehen. Doch offensichtlich wird das klappen, denn Vittorio hat sich sehr verändert."

Elisa sah die Freundin aufmerksam an. „Inwiefern hat er sich verändert?"

„Er scheint plötzlich auch Freude an der Arbeit gefunden zu haben. Er sah noch nie so glücklich und zufrieden aus wie jetzt. Er ist ein ganz anderer Mensch geworden, ausgeglichen, und er lässt sich gut führen."

„Dann ist der Bürgermeister mit ihm sicher auch zufrieden", vermutete Elisa.

„Natürlich, sogar sehr, und er hat ihm auch schon eine Gehaltserhöhung zugeteilt. Davon habe ich mir sofort ein neues Kleid gekauft und für unseren Sohn ein paar Spielsachen. Du wirst sehen, ich werde noch eine reiche Frau, so wie ich es mir damals gewünscht habe."

„Du erinnerst dich noch an unsere Wünsche und die Flöße?"

Lucia lachte. „Natürlich, was haben wir damals für einen Blödsinn gemacht! Wir waren doch sehr dumm als Kinder, und natürlich glaube ich nicht an solchen Quatsch. Ich weiß einfach nur, was ich will und was ich mir wünsche, und das werde ich auch bekommen, weil ich daraufhinarbeite."

„Und die Fee? Haben wir die uns nur eingebildet?"

„Natürlich, wir haben einfach nur geträumt. Das kann man nachts mit geschlossenen Augen tun, aber auch tags, mit offenen Augen. Man kann sich sehr viel einbilden. Und Kinder haben oft eine sehr große Fantasie. Feen, die gibt es nicht."

„Ich glaube immer noch an Feen", gestand Elisa.

„Aber du hast dir damals einen Traummann gewünscht, und den sehe ich immer noch nicht an deiner Seite", bemängelte Lucia.

„Es wird schon alles gut werden", behauptete die Freundin und schenkte Kaffee ein. „Und das wollen wir jetzt erst einmal feiern."

*

Obwohl nun Vittorio weniger Zeit für seine Musik zur Verfügung hatte, legte er sich eine neue Nebenbeschäftigung zu.

Er mietete sich einen kleinen Garten und beschäftigte sich in jeder freien Minute mit Brieftauben.

Er liebte diese Tiere nicht nur, sondern schickte sie auch zu Elisa, um ihr Nachrichten zu senden. Schon in wenigen Tagen herrschte ein reger Briefverkehr zwischen den beiden Liebenden, und so hatten sie die Möglichkeit, sich mit Worten das mitzuteilen, was sie fühlten.

Wie gut und sinnvoll diese Einrichtung war, merkten die beiden Verliebten, als der Vollmond nahte und Vittorio Elisa mitteilen musste, dass er zu ihrem verabredeten Treffen nicht erscheinen konnte.

Mitleid empfand die junge Frau, als sie im Brief ihres Geliebten las und erfuhr, dass der kleine Gianni im Krankenhaus von Valdagno operiert werden musste. Sie verstand sehr gut, dass sich beide Eltern um ihn kümmern mussten, und Vittorio bei ihm sein wollte.

Sie sandte ihm viele gute Wünsche und Gedanken, die sie niederschrieb und beim Besuch der nächsten Taube als Briefnachricht zurückschickte.

Auch der nächste Vollmond erlaubte es dem liebenden Paar nicht, sich am Weiher von Recoaro Terme zu treffen, denn an diesem Tag war es Elisas Vater, der wegen eines sehr kritischen Gesundheitszustandes die Aufmerksamkeit seiner Tochter benötigte.

So ging der Sommer vorbei, und der Herbst verteilte seine ersten bunten Blätter, als sich im September die einstigen Brautleute am Weiher bei Vollmond trafen.

Um Mitternacht hielten sie sich an den Händen und erwarteten den Zauber, den ihnen der Himmel schicken sollte.

Beim letzten Glockenschlag der Kirchturmuhr spürten sie eine Verwandlung in ihrem Körper und aus der weißen Haut wuchsen ihnen zarte, schneeweiß glänzende Schwanenfedern.

Als ihr Körper ringsum damit bedeckt war, empfanden sie den großen Wunsch, sich in die Luft zu erheben und die Erde unter sich zu lassen.

Fraglos gaben sie diesem Gefühl nach, begannen zu schweben und flogen mit rauschendem Gefieder zu den Auen des Flusses.

Sanft landeten sie im Tau der Uferwiese und legten ihr Federkleid wie einen Mantel ab.

Ein heller Mond zeigte ihnen mit freundlichem Gesicht den bemoosten Ort unter einer Weide, an dem sie sich niederließen.

Wie ein Wunder kam es ihnen vor, dass sie sich nun berühren durften.

Zaghaft und sanft strich Vittorio mit seinen Händen über Elisas Wangen, über die zarte Haut ihrer Arme.

Auch die junge Frau konnte es noch nicht fassen, ihren Geliebten so nahe zu spüren, mit ihren Lippen vergewisserte sie sich an seinem schmalen Handgelenk, dass er von Fleisch und Blut, ein lebendes Wesen war.

Als sie begriffen hatten, dass sie nicht träumten, fanden sie zueinander, und ihre Herzen vereinten sich in einem gemeinsamen Takt.

Während der Wind in den Weidenzweigen den musikalischen Liebestraum spielte, versanken die beiden Liebenden in einem Rausch der leidenschaftlichen Gefühle.

Einen leuchtenden Regenbogen aus allen Farben der Liebe spürte Elisa während der Zärtlichkeiten, die ihr Vittorio schenkte, und als sich der Bogen hoch über ihnen spannte, entwickelte er sich zu einem nächtlichen Feuerwerk, das sich Sternengleich in das Firmament erhob, den Liebes-Himmel leuchtend färbte und in Millionen von glühenden Fünkchen auf die Erde zurückfand.

Ein kühler Nachthauch und die drei Glockenschläge der entfernten Kirchturm-Uhr erinnerten die beiden Liebenden daran, dass ihre gemeinsame Zeit bemessen war, und sie umarmten sich noch einmal, um sich zu vergewissern, dass sie nicht geträumt hatten.

Rasch kleideten sie sich in die Schwanenmäntel, und kaum hatten sie sich das weiße Federkleid übergestreift, fühlten sie sich gedrängt, in die Lüfte zu steigen.

Sanft glitten sie am Ufer dahin und mit kräftigen Flügelschlägen erreichten sie pünktlich vor Mitternacht den stillen Weiher von Recoaro Terme, auf dem sie sich niederließen.

Die wenigen Meter bis zum Ufer schwammen sie mit kräftigen Zügen, und als die Kirchturmuhr vier Male schlug und die volle Stunde verkündete, standen sie bereits am Ufer und warteten auf ihre Verwandlung.

Erleichtert bemerkten Vittorio und Elisa, dass die Federn so urplötzlich verschwanden, wie sie gekommen waren, bald fanden sie sich in ihrer unversehrten Menschengestalt wieder.

Ihre Hände berührten sich noch einmal mit einer zarten, streichelnden Geste, ihre Blicke trafen sich noch einmal, um die Seelen fühlen zu lassen, dass sie sich für die Ewigkeit verbunden hatten, und ihre Lippen hauchten ein „Ti amo", das der nächtliche September-Wind mitnahm, um irgendwo am Firmament einen Platz dafür zu suchen, an dem es ein Echo fand.

Von unsichtbaren Schutzengeln wohlbehütet erreichten die beiden Traumfänger ihr Zuhause.

Ein langer Winter brachte viel Schnee und eine große Kälte in das Tal.

Elisa brach sich auf einer vereisten Bodenfläche das Bein, musste lange Zeit zu Hause bleiben und war auf Teresas Hilfe angewiesen.

Auch der Vater brauchte nun viel Pflege und Gesellschaft, langsam wurde er gebrechlich, und auch ihm fiel das Laufen schwer.

Oft zog er sich in sein kleines Zimmer zurück, sah zum Fenster hinaus in den Schnee und murmelte unverständliche Sätze vor sich hin.

Teresa verhielt sich im Haus wie ein rettender Engel und kümmerte sich um alles, was anstand.

Im Spätherbst hatte sie sogar das Fenster geöffnet, als die letzte Taube kam, um Elisa einen Brief zu bringen. Zu diesem Zeitpunkt fand es die junge Frau angebracht, die ältere Frau in ihre Geheimnisse einzuweihen. Elisa berichtete ihr auch, dass Vittorio vorhatte, die Tauben während der Kälteperiode im Schlag zu lassen und stattdessen andere gefierte Freunde als Postboten zu schicken.

Es zeigte sich, dass die gute Pflegerin Verständnis für die große, heimliche Liebe des Paares hatte, und Teresa war es, die den ganzen Winter über die Briefe in Empfang nahm, die jetzt ein abgerichteter Rabe ans Fenster brachte. Jeden Tag flog das Tier hin und her, und es sammelten sich ganze Stapel von Liebesbriefen an, die Elisa sorgsam bündelte und mit bunten Bändern und getrockneten Blumen versah. Ein großer Koffer diente als Schatztruhe und glänzte stolz, ganz so, als wüsste er, welche wichtigen und großen Gefühle in seinem Inneren lebten.

Zur Schneeschmelze wagte es Lucia, nach vielen Monaten wieder einmal, die alte Freundin zu besuchen.

Dieses Mal brachte sie einen Kuchen mit, den Gianni gebacken hatte. „Er lernt jetzt den Konditor", berichtete sie. „Es macht ihm sehr viel Spaß, und ich glaube, er versteht sein Handwerk."

„Das freut mich für euch", erwiderte Elisa. „Ich hoffe, ihr habt den Winter besser überstanden als mein Vater und ich. Die arme Teresa hat für uns geschuftet, und wenn ich wieder richtig laufen kann, werde ich sie erst einmal in Urlaub schicken."

„Gianni war öfters krank, und auch ich hatte zuweilen einen starken Husten", berichtete Lucia. „Nur Vittorio, der war kerngesund, und trotz seiner vielen Arbeit ständig gut gelaunt. Ich kann es gar nicht glauben."

„Versteht ihr euch denn jetzt besser?"

„Ich ärgere mich noch viel über ihn, denn er ist und bleibt ein verträumter Mensch, und ich erwische ihn oft dabei, dass er in Gedanken ganz woanders ist. Wir haben uns sehr voneinander entfernt, und wir haben beide unsere Ringe ausgezogen. Tatsächlich habe ich sogar meinen Mädchennamen wieder angenommen, und wenn du uns im Sommer einmal besuchen kommst, dann wirst du sehen, dass zwei Namen an unserer Haustür stehen."

Elisa erschrak. „So weit ist es mit euch gekommen? Das tut mir sehr leid. Tut es dir denn nicht leid?"

Die Freundin schüttelte den Kopf. „Man darf von einem Mann und einer Frau nicht zu viel verlangen. Sie sind sehr unterschiedlich, und jeder hat andere Interessen. Ich bin ja froh, dass er jetzt so viel arbeitet, denn dadurch kann ich mir mehr leisten. Ich gehe selbst immer noch zwei Tage arbeiten, aber nicht, weil ich das Geld brauche, sondern damit ich unter nette Menschen komme."

„Dann bist du also nicht unglücklich?"

„Warum sollte ich das sein? Ich habe von einer Ehe nie mehr erwartet. Vittorio ist jetzt sehr viel unterwegs, manchmal mehrere Tage, denn er ist Delegierter geworden. So etwas ähnliches hatte er früher schon einmal gemacht, das war in einer Art von Geheimdiensten. Und das war auch die Zeit, als er so närrisch verliebt war in die junge Frau, die deinen Namen trug. Stell dir vor, sie haben sich damals aus den Augen verloren, obwohl er ihr eine Nachricht in einem

Baumstamm hinterlassen hatte. Das klingt für mich sehr merkwürdig. Ich denke, dieses junge Mädchen hatte mit ihm seinen Spaß, aber wahrscheinlich hat sie auch schnell erkannt, dass er ein Träumer ist, dessen romantisches Leben nicht in den Alltag passt."

„Ich verstehe dich nicht ganz", bemerkte Elisa irritiert. „Warum sagst du, er ist zu romantisch. Mittlerweile verdient er doch genügend Geld, und das ist doch eine sehr praktische Sache."

„Das verstehst du eben nicht. Er sieht das Leben mit anderen Augen an, er sucht in allem das Besondere und will die Welt verklären. Aber so ist sie nicht, sie ist böse und gemein, und die Welt der Kunst ist eine Lüge."

„Aber ich habe in der Zeitung gelesen, dass er auch in der Politik recht klarsieht und dort schimpft und auftrumpft, ja gar nicht zimperlich ist. Was ich da so alles gelesen habe, zeigt ihn eher als Kämpfer-Natur."

Lucia schüttelte den Kopf. „Du kennst ihn nicht. Der Beruf, das ist die eine Sache, da sieht es so aus, als stünde er mit beiden Beinen auf dem Boden. Aber den Alltag, den will er immer mit Rosen besticken und aus den nüchternen Dingen gleich eine Sinfonie komponieren. Verstehst du, was ich meine?"

„Ich verstehe dich schon", behauptete Elisa. „Und das ist gar nicht leicht, denn du beschäftigst dich mit Musik und verkaufst Musikinstrumente.

Da meint jeder gleich, dass du sie auch bedingungslos liebst und auch Verständnis für die Musiker hast. Aber ich denke, du zählst Vittorio nicht zu den echten Künstlern. Kann es sein, dass du ihn für einen Scharlatan hältst?"

Lucia kniff die Augen zusammen. „Das Wort klingt sehr hart. Aber, ja, im Prinzip hast du schon recht. Einer, der mal ein paar Noten auf dem Klavier klimpert, der ist für mich noch kein Pianist, und einer der mal im Schulchor eine Melodie gesummt hat, der ist noch kein Tenor. Vittorio hat tatsächlich noch nie Geld mit Musik verdient, jedenfalls nicht in der Zeit, seitdem ich ihn kenne. Er ist eben nur ein Laie, und ich bin nicht für halbe

Sachen. Es ärgert mich immer noch ein bisschen, wenn er seine Zeit damit vertrödelt."

Elisa seufzte. „Es wird ihm Spaß machen. Hast du denn nichts, außer deiner Arbeit, das dir Spaß macht?"

Die Freundin lachte. „Ich handarbeite ganz gern. Am liebsten stelle ich praktische Sachen her, die man auch gebrauchen kann. Und wenn ich sie auch nicht verkaufe, so kann ich sie doch verschenken."

„Solange du dich noch über deinen Mann ärgerst, solange ist er dir doch noch wichtig", behauptete Elisa. „Dann ist in eurer Ehe noch nicht Hopfen und Malz verloren."

Lucia schüttelte den Kopf. „So ist es nicht. Ich ärgere mich über viele

Dinge an ihm, es sind so die alltäglichen Kleinigkeiten, wie er sich kämmt, wie er sich die Zähne putzt und wie er seine Pasta isst. Ich weiß, das klingt komisch. Aber vielleicht ärgere ich mich auch über mich selbst, weil ich mich nicht von ihm trenne, sondern die brave Mutter und Hausfrau spiele, die aus diesem Grund in der Gesellschaft gut angesehen ist. Werden nicht die Menschen, die sich trennen als unfähig angesehen? Unfähig, mit Problemen fertig zu werden?"

Elisa stöhnte. „Das alles scheint mir sehr kompliziert zu sein. Kann man nicht einfach so leben, auch als Paar, dass man auf die schönen und guten Dinge achtet, sich daran erfreut, und den kleinen Ärger nicht wichtig nimmt?"

„Siehst du, es ist eben die Frage, ob es bei uns der kleine oder der große Ärger ist. Wir haben eben andere Vorstellungen vom Leben."

„Und die Liebe? Wo bleibt die Liebe?"

Lucia sah ihre Freundin mitleidig an. „Das ist etwas für die ganz jungen Leute. Gianni wird bald für sich dem Frühling des Lebens erobern. Aber für uns ältere Menschen muss es andere Werte geben, bleibende."

Einen Moment lang dachte Elisa an den letzten Liebesbrief, den ihr Vittorio geschrieben hatte. Darin stand: „Ich werde dich immer lieben, nicht nur heute, sondern auch morgen und übermorgen und in all den Jahrhunderten, die noch kommen werden." Der Gedanke an ihren Liebsten zauberte ein Lächeln auf ihre Lippen, und sie sah die Freundin nachdenklich an. „Ich habe noch eine schöne Flasche Wein für dich aufgehoben. Ein Gast hat sie mir aus der Romagna mitgebracht, und es ist ein ganz besonderer Wein. Du wirst ihn mögen."

Als die Kirschen blühten, hatte sich der wilde Fluss Agno wieder in ein gezähmtes, langsam fließendes Wasser verwandelt, an dessen Ufer zahlreiche Vögel brüteten.

Der Vollmond fiel auf einen Freitag, den Tag der Venus. Zu früheren Zeiten verehrte man diese Göttin als Königin der Schönheit und der Liebe.

Punkt Mitternacht trafen sich Vittorio und Elisa am Weiher von Recoaro Terme.

Als die nun nicht mehr ganz so junge Frau die Hand ihres Liebsten berührte, spürte sie schmerzlich, wie sehr sie ihn in dem langen Winter vermisst hatte.

Doch bevor sie sich darüber äußern konnte, wuchsen den beiden Menschen, wie beim letzten Mal vor einem guten halben Jahr, rasch und wie von Zauberhand hervorgerufen, die schneeweißen, flauschigen Schwanenfedern.

Und kaum waren ihre Körper vollkommen bedeckt, wuchs in ihnen der Drang, sich in die Höhe zu erheben. Die mächtigen Schwingen ruderten wie von selbst und trugen die beiden gefiederten Wesen an einen einsamen Uferplatz.

Fast weiß erschien jetzt das frische Grün des Grases im hellen Licht des Mondes, die kleinen Blütenkelche der Wiesenblumen hatten sich zur Nachtruhe begeben und sorgsam geschlossen. Der frische Nachtwind hatte den Moosteppich sorgsam getrocknet, und die beiden Verliebten landeten weich auf dem dicken, grünen Nachtlager.

Vittorio sah in den Sternenhimmel. „Dies ist ein Himmelbett, denn es wurde uns nicht nur vom Himmel geschenkt, nein, er wacht auch gnädig über uns. Und obwohl sich die Blüten und Blumen zur Ruhe begeben haben, duftet es süß aus allen Töpfen und Tiegeln der Natur. Geschmückt hat sie sich, nur für uns und für diese besondere Nacht."

Zärtlich nahm er seine Geliebte in die Arme. „Niemand vermag das Fest der Liebe so süß und innig zu gestalten, wie du, liebste Elisa."

Seine „Braut", wie er sie immer nannte, berührte ihn staunend und tastete sanft streichelnd über seine knabenhafte Brust, denn sie musste sich erst vergewissern, dass dieses Glück, ihn wieder zu treffen, kein Traum, sondern Wirklichkeit war.

Vittorio ließ sie gewähren und streichelte indes liebevoll die zarte, samtige Haut ihrer runden Schultern.

Nachdem es ihnen bewusst geworden war, dass sie nicht träumten, sondern dass sie diese Liebestunde wahrhaftig als Geschenk genießen durften, suchten sich ihre Lippen und fanden sich in leidenschaftlichen Küssen.

Während sie sich liebten, sahen sie sich immer wieder in die Augen, die selig glänzten; und immer wieder verbanden sich ihre Seelen, flochten neue und immer mehr Verbindungen, die aus den Bändern ein dichtes Seelen-Netz sponnen, aus dem es kein Entrinnen mehr gab.

Die anfänglich, wie Schmetterlingsflügel zitternden Herzen, fanden einen gemeinsamen, schnelleren Takt. Kräftig begannen sie zu schlagen und zu hüpfen, ihr Jubel schlug hohe Flammen. Gemeinsam stimmten sie eine zauberhafte Musik an, die unendliche Sinfonie, die piano begann und in einem Fortissimo zu himmlischen Klängen führte. Die beiden Liebenden erlebten paradiesische Glücksmomente, die sie in ihre Herzen schrieben, um sie niemals zu vergessen. Doch die Zeit blieb nicht stehen, wie ein Feind sorgte sie dafür, dass dieser Liebesrausch ein frühes Ende fand.

Die Kirchturmuhr war es, die das verliebte Paar mahnte, sich für die Rückkehr vorzubereiten, und so schlüpften Vittorio und Elisa seufzend in ihre Schwanenmäntel und ließen sich vom Flugtrieb der majestätischen Vögel zum Weiher von Recoaro zurückbringen.

Sanft landeten sie im kühlen Wasser, und mit gleichmäßigem Ruderschlag zogen sie die vorgeschriebene Bahn bis zum Ufer.

Schon mahnte die Kirchturmuhr mit lautem Klang, und Vittorio und Elisa bereiteten sich für die Entzauberung vor, die wie versprochen in wenigen Sekunden stattfand.

Die beiden Liebenden erlaubten sich noch eine kurze Umarmung, aus der sie sich nur zögernd und sichtbar widerwillig lösten.

Wie Kinder, die sich verirrt hatten, stolperten sie unsicher, fast haltlos zurück an ihre gewohnten Plätze, jeder in seine Welt.

*

Die Tauben flogen den Sommer über, und sie hatten viel Arbeit, alle Briefe der beiden Liebenden zu transportieren.

Im Herbst starb Elisas Vater, und seine Tochter und Teresa trauerten lange um den guten Menschen und hatten Mühe, den Verlust zu verkraften.

Zur gleichen Zeit wurde Vittorio befördert und erhielt mit seinem neuen Posten den Auftrag, als Delegierter die Welt zu bereisen.

Lucia war sehr froh darüber, und als ihr Mann, dem sie einst das Ja-Wort gegeben hatte, zum Weihnachtsfest im Ausland weilte, verbrachte die Strohwitwe das Weihnachtsfest bei Elisa.

„Ich bin nicht gern allein", verriet sie ihrer Freundin. „Gianni ist von der Familie seiner Angebeteten eingeladen worden, und ich hätte auch dort an den Festlichkeiten teilnehmen können. Aber Apollonias

Eltern sind ein glücklich verheiratetes Paar, den Anblick muss ich mir Weihnachten nicht zumuten. Du hast auch gerade deinen Vater verloren. Bei euch ist in den Festtagen wie bei mir ein Platz leer, da befinde ich mich in guter Gesellschaft."

„Es tut mir für dich sehr leid, dass du allein bist", teilte ihr Elisa mit. „Gibt es denn gar keine Hoffnung, dass Vittorio wenigstens mal zwischendurch nach Hause kann?"

„So eine Schiffspassage ist nicht nur teuer, sie dauert auch ewig", wusste Lucia. „Das wird ihm nicht genehmigt. Aber wenn du es genau wissen willst, ich vermisse gar nicht meinen Mann, sondern einfach nur nette Gesellschaft, oder jemanden, der meine Wohnung belebt. Für die Zukunft habe ich da schon vorgesorgt."

„Was willst du tun?" erkundigte sich die Freundin interessiert.

„Meine Schwester wird zu mir ziehen, für immer, und darauf freue ich mich schon sehr. Ich will nicht sagen, dass sich Frauen nicht auch streiten können, aber im Allgemeinen verstehen sie sich doch besser als ein Mann und eine Frau, weil sie die gleichen Interessen haben."

„Das ist eine gute Idee", fand Elisa. „Dann weiß auch Vittorio, dass du hier nicht ständig allein Trübsal blasen musst. Trotzdem wirst du ihn sicher mächtig vermissen."

„Nun ja, wir sind schon viele Jahre zusammen, da gewöhnt man sich oft auch an die Schwächen und Fehler eines Partners. Ich werde wohl nie herausfinden, warum ich ihn und seine Musik lächerlich finde."

„Da weiß ich auch keine gescheite Antwort darauf", gab die Freundin zu. „Vielleicht hat man dir den Zugang zur Kunst versperrt oder dir in den Kopf gehämmert, dass Musik nur eine Narretei ist."

„Vielleicht ärgere ich mich auch nur, dass ich damals Vittorio unbedingt erobern wollte, aber mir damit den falschen Mann ins Haus geholt habe. Es hat keinen Zweck, sich den Kopf jetzt darüber zu zerbrechen. Die Ehe ist nun mal eine feste Einrichtung, und sie ist wichtig für die Familie. Gianni ist jedenfalls zufrieden mit seinen Eltern."

„Das freut mich sehr für dich", fand Elisa. „Und die Lösung mit deiner Schwester ist bestimmt nicht die schlechteste. Wird Gianni denn nun bald heiraten?"

„Damit wird er sich wohl noch etwas Zeit lassen, er ist ja noch jung. Aber da wir schon einmal dabei sind von ihm zu sprechen, er hat nämlich einen großen Traum, und du könntest ihm helfen, dass er wahr wird."

„Für Träume bin ich immer zu haben", gestand Elisa. „Was kann ich für ihn tun?"

„Im Frühling, wenn du dein Gartenlokal wieder eröffnest, würde er gern bei dir arbeiten. Er möchte Torten backen und hat allerlei gute Rezepte dazu. Am liebsten würde er sogar deine ganze Wirtschaft pachten."

Die Freundin dachte nach. „Ich werde auch nicht jünger, und mein Bein ist oft auch nicht so lebhaft, wie ich mir das wünsche. Eine Hilfe könnte ich gut gebrauchen. Und wer weiß, wenn er sich dann gut anstellt, dann ist seine Idee eine Überlegung wert."

„Darüber würde er sich sehr freuen", antwortete Lucia. „Siehst du, die Jugend ist sehr klug. Die jungen Leute gehen nicht auf eine Wiese, um Feen zu treffen. Sie haben Wünsche, und sie trachten danach, dass sie wahrwerden."

Elisa sah träumerisch in die Ferne. „Jeder muss seine eigenen Wege gehen, so wie es für ihn richtig ist. Seit ich mir das Bein gebrochen habe, konnte ich mir wieder etwas Zeit nehmen, um zu zeichnen. Und die gute Teresa hat einige Bilder mitgenommen und im Buchladen verkauft. Du siehst, man kann auch mit solchen Träumereien etwas Geld verdienen."

„Ich kann mich nicht erinnern, dass du dir damals etwas in dieser Richtung gewünscht hast, als wir die Boote in den Agno hineingelassen haben. Vielleicht hast du dich auch damals nicht gut ausgedrückt." Sie schmunzelte. „Möglicherweise hast du dir einen Traummann gewünscht. Und nun musst du von einem besonderen Mann träumen. Vielleicht hast du damit auch das bessere Los gezogen. Manchmal ist das Träumen vielleicht ungefährlicher."

Elisa seufzte. „Und wenn ihr beide, du und Vittorio noch einmal ganz von vorne anfangt? Vielleicht besorgst du dir ein Instrument, und spielst ein bisschen darauf herum. Du kannst auch Unterricht nehmen, und wenn dein Mann zurückkommt, macht ihr gemeinsam mit Gianni Hausmusik!"

„Damit kannst du mich nicht locken", entgegnete Lucia. „Und ich bin froh, dass Gianni lieber Kuchen backt, anstatt meine Ohren zu quälen. Und jetzt lass uns die Geschenke auspacken, ich habe dir eine ganze Reihe davon mitgebracht."

Sie begaben sich in die Stube nach nebenan, in der Teresa schon wartete, und beschäftigten sich mit den festlich eingepackten Geschenken.

*

So, wie es sich Lucia gewünscht hatte, entwickelte sich bald ihr weiteres Leben. Die Schwester Anna zog bei ihr ein, und die beiden verstanden sich ausnehmend gut.

Gianni begann im Frühling in Elisas Gartenschänke zu arbeiten und brachte viele neue Ideen mit. Bald gab es dort außer Getränken und Speisen, verschiedene Kuchen und Torten, und als Gäste kamen nicht nur Urlauber, sondern auch die Menschen aus dem Tal.

Doch gerade in dieser Zeit starb die alte Teresa und Elisa litt sehr unter diesem Verlust. Sie empfand es als fast unerträglich schwer, in den Räumen herumzulaufen, in denen zuvor noch ihr Vater und auch die alte Frau mit ihrer Gegenwart die Zimmer beseelt hatten.

Sie spürte die Leere schmerzlich und suchte nach einer Lösung.

Eines Tages fragte sie Gianni, ob er nicht seine Freundin mit ins Geschäft hineinnehmen wolle, und der junge Mann begrüßte die Idee und setzte sie gleich die Tat um. Fleißig und zielstrebig kümmerte sich das inzwischen verlobte Paar um die Gastlichkeiten.

Vittorio befand sich indessen immer noch im Ausland, für die Brieftauben war der Weg über den Ozean zu weit, und so schickte er ab und an Briefe mit der Post, einige an Elisa und wenige an Lucia.

Der Sommer wurde recht heiß, und Elisa überlegte sich, ob sie der bezaubernden Serenissima einen Besuch abstatten sollte. Nachdem sie sich vergewissert hatte, dass Gianni und seine Verlobte die Arbeit in der Schankwirtschaft und dem dazugehörigen Café spielend meisterten, verließ sie Recoaro und startete nach Venedig.

*

Venedig

In der Serenissima hatte der Strom der Urlauber weiter zugenommen, und Maria, die inzwischen mit Carlo verheiratet war, hatte alle Hände voll zu tun, um die Gäste zufriedenzustellen.

Als Elisa plötzlich vor ihr auftauchte, begann ihr Gesicht zu strahlen.

„Das ist eine Freude, dich einmal wieder zu sehen. Ich hoffe, du kannst ein paar Tage bleiben."

Sie umarmte den Ankömmling bewirtete ihre Freundin mit Kaffee und vielen kleinen Süßigkeiten.

„So, wie ich das alles hier überblicke, hast du alle Hände voll zu tun", bemerkte Elisa. „Und wenn ich schon einmal da bin, kann ich dir auch ein wenig helfen."

„Das würdest du wirklich tun?" fragte Maria erfreut. „Ich kann jede Hilfe gebrauchen, und es ist gerade Hochsaison. Natürlich hilft mir auch Carlo sehr viel, aber, dadurch, dass wir die beiden Pensionen zusammengelegt haben, ist es zwar ein bisschen praktischer, doch die Arbeit bleibt die gleiche. Wir haben ein paar Aushilfskräfte, sie sind nicht immer so zuverlässig. Manche kommen und gehen, gerade dann, wenn sie sich einmal eingearbeitet haben. Du kennst dich immer noch aus, und ich weiß, auf dich ist Verlass."

„Ich könnte auch länger bleiben, wenn du magst. Denn meine gute alte Freundin Teresa ist verstorben und meine Schankwirtschaft ist in guten Händen, da werde ich nicht gebraucht. Die jungen Leute sind gesund und kräftig und packen eifrig zu. Ich werde ihnen Bescheid geben und kann dann auf unbestimmte Zeit bei dir bleiben."

Maria umarmte die junge Freundin. „Gut, ich bin damit einverstanden, aber nur unter einer Bedingung."

„Und die wäre?"

„Du musst dir am Tag eine Stunde freinehmen und wieder, wie früher, die einsamen Fleckchen der Serenissima während der stillen Zeiten besuchen. Da nimmst du deinen Block und einen Stift mit und zeichnest wieder, wie damals, als es in Venedig noch ruhiger war."

Elisa zeigte sich einverstanden. „Bei uns in Recoaro habe ich auch ein wenig gezeichnet und sogar ab und zu ein Bild verkauft. Den einen oder anderen Urlauber könnten meine Zeichnungen auch interessieren, da gibt es vielleicht noch ein wenig Taschengeld dazu und wir machen eine gemeinsame Kasse."

„Carlo wird für dich die Zeichnungen verkaufen", überlegte Maria. „Er ist ein guter Geschäftsmann. Und das Geld, das legst du dir zurück für die Zeit, wenn du wieder nach Hause gehst."

„Ich brauche nicht viel Geld", erklärte ihr die Freundin. „Gianni zahlt mir regelmäßig Pacht, und davon kann ich gut leben. Es würde mich nicht wundern, wenn sie sich auch noch in meine Wohnung einmieten möchten. Das wäre für sie recht bequem, und ich lasse mir ein Zimmerchen fürs Alter."

„Davon bist du aber noch weit entfernt", fand Maria. „Du solltest dich hier in Venedig nach einem netten Mann umschauen, und davon gibt es einige."

„Ich suche keinen Mann", erklärte ihr Elisa. „Mein Herz trage ich nicht mehr bei mir, ich habe es verschenkt, und bei meinem Geliebten ist es gut aufgehoben."

„Ist es immer noch dein Traummann, den du liebst?" erkundigte sich Maria. „Ich war damals recht erstaunt über deinen Abschiedsbrief, aber dann habe ich dich verstanden und dir verziehen, dass du so plötzlich auf und davon bist."

„Es tut mir heute noch leid", gibt Elisa zu. „Und es ist schön, dass du mir heute nicht mehr böse bist."

„Ich habe geglaubt, dass du mit Fabrizio nach Rom gehst, also hätte ich dich auf jeden Fall verloren. Aber ich bin froh, dass du nicht mit ihm gegangen bist, denn er hat es nicht lange dort ausgehalten. Schon nach ein paar Wochen ist er wieder auf und davon. Zuerst ging es nach Florenz und von dort aus nach Mailand. Inzwischen ist er aber nach Deutschland gereist, weil sie dort viele ausländische Arbeitskräfte brauchen."

„Hoffentlich trifft er es dort gut an", wünschte ihm Elisa. „Ich habe in der Zeitung gelesen, dass sie dort die fremden Arbeiter nicht gerade mit Samthandschuhen anfassen. Nun ja, Fabrizio wird es nichts ausmachen, wenn er das Land auch bald wieder verlässt. Er ist den Wechsel gewöhnt. Den meisten aus dem Süden wird es dort bald zu kalt."

Maria lächelte. „Wenn er einmal alt ist, der gute Fabrizio, dann wird er die ganze Welt gesehen haben. Aber er ist nicht der Typ, der davon weise wird. Und wie steht es jetzt bei dir mit der Liebe?"

„Sie ist das größte Geschenk, das mir der Himmel beschert hat."

„Aber du scheinst deinen Liebsten nicht oft zu sehen", wandte Maria ein.

„Darauf kommt es nicht an", gestand Elisa. „Die Sternstunden gewährt der Himmel nicht oft, weil ein Menschenherz davon nicht zu viel vertragen kann. Jede Sekunde mit Vittorio ist eine Ewigkeit, und dafür bin ich dankbar. Ich glaube, es gibt keinen Menschen, der in seinem Leben so glücklich sein kann, wie ich es bin."

Maria legte den Arm um die Schultern ihrer Freundin. „Wenn dich der Himmel so geküsst hat, dann bist du ein Glückskind."

*

Im Tal des Agnos

Für den Sommer wurde die große Hochzeit von Gianni und Apollonia vorbereitet. Zu dieser Gelegenheit wurde auch Vittorio erwartet.

„Mir ist nicht so wirklich wohl bei all dem zumute", gestand Lucia ihrer Schwester. „Ich bin nicht sicher, ob dieses junge Mädchen die richtige Frau für meinen Sohn ist."

Anna blickte erstaunt hoch. „Welche Bedenken hast du? Die Kleine ist doch ein prächtiges Mädchen. Du könntest dir keine bessere Schwiegertochter wünschen."

Lucia seufzte. „Anna ist zwar sehr fleißig und arbeitet sehr gut gemeinsam mit meinem Sohn, da kann ich nicht meckern. Aber sie hat mir neulich erzählt, dass sie im Feenwald eine Frauengestalt getroffen hat, die ihr prophezeit hat, dass sie ein Jahr nach ihrer Hochzeit Zwillinge bekommen wird. Und nun glaubt sie fest daran. Ich finde es nicht gut, dass sie solche Flausen im Kopf hat und diesem Aberglauben nachläuft."

Anna blickte ihrer Schwester fest in die Augen. „Das ist kein Aberglaube, liebe Lucia. Solche Dinge geschehen hier, und auch anderswo. Mir sind selbst in meiner Kindheit einige dieser guten Geister begegnet, und sie haben mir manches Mal geholfen. Weißt du nicht, was die Leute hier alle munkeln?!"

„Die Menschen erzählen viel, wenn sie zu viel Fantasie haben. Als kleines Kind, da habe ich mir gemeinsam mit meiner Freundin auch einmal einen Spaß gemacht, davon habe ich dir schon erzählt, das war die Sache mit dem kleinen Floß."

„Aber du hast doch alles bekommen, was du dir gewünscht hast. Inzwischen geht es dir finanziell sehr gut, du hast eine Familie und alles, was du willst. Deine Wünsche sind dir doch alle erfüllt worden. Du hättest einen Grund dazu, daran zu glauben. Willst du da nicht wissen, was die Leute alle munkeln?"

„Na, was denn? Geredet wird viel."

„Es geht um die Quelle von Recoaro, kennst du nicht die alte Geschichte?"

Lucia spielte nervös mit ihren Fingern. „Was meinst du denn?"

„Jeder hier in dieser Gegend weiß es, und anscheinend nur du nicht. Oder hast du es vergessen? In dem Schwanen-Weiher an der Therme findet der Liebeszauber schon seit uralten Zeiten statt. Paare, die die wahre Liebe in sich verspüren, verwandeln sich dort in Schwäne und dürfen nach ihrer Verzauberung einander ihre Gefühle zeigen. Als Schwäne fliegen sie davon, und als Schwäne kehren sie wieder. Aber wenn sie die Zeit vergessen und nicht pünktlich zurückkommen, müssen sie ewig Schwäne bleiben."

„Ach so, ja, davon habe ich schon mal gehört. Aber daran glaube ich nicht", antwortete Lucia hastig.

„Eine neugierige Frau will sogar einmal deinen Mann dort gesehen haben", verrät Anna. „Aber das glaube ich nicht, denn du bist ihm eine gute Frau, und er würde dich nicht betrügen."

Lucia nahm sich ein Glas Wasser und trank es in einem Zug aus. „Wir haben uns beide betrogen", begann sie und sah ihre Schwester betrübt an. „Vielleicht verstehst du mich, vielleicht auch nicht. Du weißt ja, dass ich es damals darauf angelegt habe, Vittorio zu erobern und mit ihm hier in der Gegend zu glänzen. Am Anfang war es gar nicht glanzvoll, aber jetzt habe ich tatsächlich all das, was ich mir gewünscht habe. Doch für Vittorio war ich nicht die erste Liebe. Sein Herz gehörte einer Elisa, und was ich früher nur geahnt habe, ist später für mich Gewissheit geworden: Diese Frau ist meine Freundin. Die beiden verbindet eine große und tiefe Liebe, und ich bin sicher, dass sie darunter leiden und sich schrecklich vermissen. Ich aber gebe Vittorio nicht frei, nicht für die Öffentlichkeit, obwohl ich seinen Nachnamen schon längst abgelegt habe, weil er mir nichts bedeutet. Die Welt der heilen Familie wird in der ganzen Welt gefeiert und hoch angesehen, doch dahinter verbirgt sich manches Unrecht und mancher Betrug. Auch ich werde diese Fassade stehen lassen und gebe Vittorio nicht die Freiheit, die er sich insgeheim wünscht."

„Liebst du ihn denn?" fragte Anna geradeheraus

„Er gehört in mein Leben, wie das alte Sofa, dass uns unsere Eltern zur Hochzeit geschenkt haben. Ich habe mir das Leben schön eingerichtet, wie eine Wohnung, und darin hat auch er seinen Platz gefunden, auch wenn ich ständig etwas an ihm zu meckern habe, sobald er zur Tür hereinkommt."

Die Schwester staunte. „Und das willst du ewig so weiterführen? Kannst du denn damit glücklich sein?"

„Alles hat seinen Preis, aber ich sehe keinen Grund, warum ich etwas ändern sollte."

„Willst du nicht mit deinem Mann reden, solltest du ihn nicht fragen?"

„Es ist besser, wenn er glaubt, dass ich nichts weiß. Viele Paare leben glücklich miteinander, weil sie nichts voneinander wissen."

„Aber was ist mit deiner Freundin Elisa?" hakte Maria nach. „Kannst du mit ihr so reden, als sei nichts geschehen? Soll sie dir nicht Rede und Antwort stehen?"

Lucia schüttelte den Kopf. „Was sollte daraus werden. Die beiden lieben sich schon ein ganzes Leben lang. Und ich bin ganz sicher, dass es nie aufhören wird."

„Vielleicht hört es auf, wenn die beiden auch einmal die Alltagssorgen miteinander teilen müssten", gibt die Schwester zu bedenken. „So wie es aussieht, betrügt sie dich."

„Offenbar macht sie ihn glücklich und gibt ihm die Kraft, die viele und unangenehme Arbeit zu bewältigen, mit der er mir jetzt das viele Geld ins Haus bringt. Damals, als Elisa noch nicht wieder zurückgekehrt war, da sah Vittorio keinen Sinn in seine Arbeit, ja manchmal noch nicht einmal in seinem Leben, und nicht einmal die Musik konnte ihn wirklich trösten. Ich habe akzeptiert, dass es solch eine Liebe gibt, wie die, die die beiden verbindet. Und ich weiß nicht einmal, ob es ein Glück ist, diese Gefühle zu erleben. Ich dagegen bin frei und muss mich nach niemandem sehnen. Das habe ich selbst so gewählt."

Maria seufzte. „Das ist schwer zu verstehen. Mir kommt es so vor, als habe euch allen da das Schicksal einen bösen Streich gespielt. Dann wirst du also alles so weiterlaufen lassen?"

„Ganz gewiss, und du wirst sehen, es wird eine prächtige Hochzeit, die wir alle gemeinsam mit Gianni und Apollonia feiern können."

Anna schüttelte den Kopf und schwieg dazu.

*

Lucia behielt Recht, die Hochzeit wurde ein prächtiges Fest, an dem unzählige Menschen aus der Umgebung teilnahmen. Die Familie feierte drei Tage lang, und Vittorio zeigte sich als charmanter Gastgeber.

Wer jedoch der Feierlichkeit fernblieb, das war Elisa, obwohl sie von Lucia eingeladen worden war. Die Freundin entschuldigte sich für ihr Fernbleiben mit der Begründung, dass sie momentan die gute Maria nicht allein lassen konnte, weil Carlo, ihr Partner gesundheitliche Schwierigkeiten habe. Sie versprach jedoch, den Besuch baldmöglichst nachzuholen.

Doch daraus wurde in den nächsten Monaten nichts, Elisa blieb in Venedig, und Lucia freute sich, dass ihre Schwiegertochter schwanger war. Kurz vor der Geburt des Enkelkindes, kehrte Vittorio nun endlich von seinen Auslands-Aufenthalten heim und erhielt einen guten Posten in Padua, der es ihm erlaubte, wieder in Recoaro bei seiner Familie zu leben.

Eines Morgens wandte sich Anna an die Schwester. „Dein Mann fährt jeden Morgen nach Padua, um dort zu arbeiten. Jeden Abend kehrt er zurück zu dir. Bist du dir sicher, dass er sich nicht zwischendurch einmal mit Elisa in Venedig trifft?"

Lucia schüttelte den Kopf. „Nein, das werden sie nicht. Und es ist nicht nur, weil Elisa bei ihrer Tante den ganzen Tag arbeiten muss. Ich weiß, dass sich die beiden Liebenden solche Freiheiten nicht herausnehmen würden. Und Elisa tut nur das, was ihr die Fee gestattet hat."

Anna staunte. „Aber du hast doch nie an die Worte der Fee geglaubt. Sagtest du nicht, das sei alles nur Unsinn?"

Die Schwester schmunzelte. „Der Doktor hat Gianni gestern gesagt, dass es Zwillinge werden, die bald als kleine Enkelkinder in meinen

Armen liegen werden. Und Elisa hat dem jungen Paar zur Hochzeit und zur bevorstehenden Geburt ihr Haus vermacht."

Anna riss die Augen auf. „Nanu! Was soll das jetzt heißen? Will sie denn immer in Venedig bleiben? Will sie Dich entschädigen?"

„Sie war immer schon gern unter vielen fremden Menschen, und sie braucht die Heimat nicht so wie ich. Früher hat sie mir einmal gesagt, dass sie sich überall zu Hause fühlt, wenn sie im Kreis netter Menschen ist."

„Dann geht es deinem Sohn ja jetzt richtig gut", fand Anna.

Lucia nickte. Er ist sehr froh darüber und weiß es zu schätzen, dass er sich nicht mühsam etwas allein aufbauen musste, sondern mit Elisas Hilfe eine gute Grundlage für eine gesicherte Zukunft gefunden hat. Unser Wasserfall, die berühmte Quelle und die kleinen Dolomiten in unmittelbarer Nähe, die locken immer mehr Urlauber in unser Tal, und das sind alles die Menschen, die bei Gianni einkehren."

„Vergiss nicht, dass auch unser guter Fluss Agno mit seinen unzähligen gefiederten Uferbewohnern eine große Anziehungskraft hat. Selbst zu den weißen Schwänen im Weiher zieht es die Besucher mit magischer Kraft."

„Damit erinnerst du mich an ein weiteres Ereignis, das in meinem Leben eine große Bedeutung hat."

318

„Die neuen Ereignisse scheinen sich zu überschlagen", fand Anna. „Du machst mich neugierig."

„Vittorio hat dieses Haus gekauft, in dem wir schon so lange wohnen. Und er hat es mir geschenkt."

„Schlechtes Gewissen...?" murmelte die Schwester.

„Nein, er weiß, was mir gefällt, und ich fühle mich jetzt ganz sicher und glücklich."

„Dann hoffen wir nur, dass kein Krieg kommt, während wir leben, der kann einem alle diese Sicherheiten nehmen."

„Giovanna hat auch mir alle Wünsche erfüllt", lächelte Lucia. „Und so bin ich ganz sicher, dass wir

einen langen Frieden vor uns
haben."

*

In einem seiner langen Briefe schrieb Vittorio an seine Geliebte:

„Die Zwillinge Marco und Marcella sind am Sonntag geboren worden und gesund und munter, Gott habe Dank! Aber wie habe ich dich dabei vermisst, denn mit dir hätte ich alle meine glücklichen Gefühle teilen können. Sicher weißt du auch, wie sehr sich deine Freundin Lucia über ihre Enkelkinder gefreut hat, aber es war eine andere Freude. Können Menschen so verschieden sein, dass sie nicht einmal eine Freude gleich empfinden?! Kein Schmerz und kein glücklicher Umstand konnte jemals Giannis Mutter und mich in gleichen oder auch nur ähnlichen Gefühlen verbinden. Wie gern hätte ich an diesem Tag musiziert, um meiner Freude Ausdruck zu geben! Aber Lucia hat mich ausgelacht und gemeint, ich solle doch nicht das ganze Fest verderben, das alle so großartig gestaltet hätten. So sang dann aber in der Kirche ein Chor zur Taufe, es waren helle Kinderstimmen, die mir ein wenig Licht in die Seele brachten. Neulich, bei all den Neuordnungen, die hier stattgefunden haben, wollte ich es noch einmal versuchen, die Sprache auf einen Hund zu bringen. Aber die gute Hausfrau wollte nichts davon wissen. Da half es auch nicht, dass ich beteuerte, mich um das Tier zu kümmern. Und meine Musik, die höre ich nun draußen, wenn ich durch die Wiesen streife oder hinaufwandere, zum

Passo Pasubio, dorthin, wo einem die Freiheit verheißungsvoll zuwinkt. Ich sehne mich nach dir, und der Welt, die du mir öffnest, und in der ich mich frei fühle. Manchmal habe ich das Gefühl, dass die Musik wohl bald aus mir herausbrechen wird wie der Wasserfall von Recoaro. Deine Seele erinnert mich an die Felswände dort, die ein Echo hervorbringen, wenn ich rufe. Und dein Herz lässt mich gewiss werden, dass alles Kalte auf dieser Erde nur zu der Oberfläche gehört, der Erdkruste, und es sich lohnt, entblößt in das Feuer der Liebe zu steigen, das in den beständigen Flammen deiner Herzenswärme wartet. Zieh dein Schwanenkleid bald an, Liebste! Dein Brautkleid wartet schon, weiß und voller Unschuld einer reinen Liebe. Sag mir, wann sich meine Sehnsucht in Vorfreude wandeln darf. Ich liebe dich, unendlich wie die unerkannten Himmel."

In Vittorios geheimem Postfach landete kurz darauf der Antwort-Brief.

„Liebster, wenn ich dich in meinen Gedanken und in meinem Herzen fühle, bist du am Tag meine Sonne und der Südwind, der meine Sinne öffnet, damit ich spüre, dass ich lebe. In der Nacht bist du der Mond, der mich führt, der Stern, der mir winkt und mir sagt, dass ich deine Träume teile. Du bist mein Puls und lässt mich Tag und Nacht spüren, dass das Leben lebendig und warm sein kann. Mit dir will ich den Zauber erleben, denn das Wunder unserer Liebe ist die Wahrheit, die einzige Wahrheit, die über die Zeit hinaus ewig leben wird. Unsere Liebe ist Poesie, die leben kann, und sie wird uns halten, wenn alles zerbricht, weil wir ihr Flügel geben. Als reine magische Kraft kann unsere Liebe fliegen. Alles wird lebendig mit unserer Liebe und deine Musik beflügelt uns. Leicht und frei sind wir ein Stern, ein Teil des leuchtenden Himmels. Mit brennender Sehnsucht warte ich auf dich, und der Vollmond wartet auf uns. Es wird die Nacht der Nächte sein, und der Himmel feiert mit uns. Bis bald, mein liebster, deine Braut Elisa."

*

Fabrizio wandte sich an seine Tante. „Elisa ist nicht aus Recoaro zurückgekehrt. Willst du dort nicht einmal nachfragen, wo sie geblieben ist."

„Du musst nicht auf sie warten", tröstete ihn Maria. „Ich habe ihr gesagt, dass wir jetzt ihre Hilfe nicht mehr unbedingt benötigen und sie nun einmal an sich denken kann. Seitdem du mit deiner Frau Katarina in die Pension eingezogen bist, kommen wir gut zurecht mit der Arbeit, und ich bin euch wirklich dankbar dafür."

„Ja, und das ist ja auch gut", räumte der Neffe ein. „Aber ich möchte doch wissen, was mit ihr passiert ist. Hat sie sich wieder mit ihrem Liebhaber getroffen, den sie kaum jemals wirklich kennengelernt hat? Es könnte ihr auch etwas Schlimmes passiert sein."

„Es gibt Menschen, die brauchen nicht einmal eine Sekunde, um sich kennenzulernen", behauptete Maria. „Wie sagt man so schön: Sie kannten sich aus einem anderen Leben. Ihre Seelen haben sich wiedererkannt und ihre Herzen zueinandergefunden. Sie waren nie wirklich getrennt, auch wenn sie sich nicht gesehen haben.

Solange Elisa bei Vittorio ist, wird es ihr gut gehen, das verspreche ich dir."

„Damit gebe ich mich nicht zufrieden", teilte er ihr mit. „Du wirst mich sicher einen Tag lang beurlauben können, denn ich werde in das Tal des Agnos fahren und mich erkundigen, was geschehen ist."

Fabrizio ließ sich von seinem Vorhaben nicht abbringen, und so fuhr er in den frühen Morgenstunden in Richtung Norden.

Als er in Valdagno ankam, entdeckte er auf einer Zeitung eine Überschrift, die ihn nachdenklich machte. Er erwarb sich ein Exemplar, fuhr weiter nach Recoaro und hielt dort den Wagen an, um den Artikel zu lesen.

„Zwei neue Schwäne im Schwanenweiher von Recoaro. Ist das verschwundene Liebespaar nicht pünktlich aus ihrem Schwanennest zurückgekehrt?"

Ein kleiner Junge schaute Fabrizio zu und sprach ihn an. „Nicht wahr, das ist sehr interessant. Das ist ein ganz alter Zauber, den es nur hier in diesem Ort gibt. Und wenn du mehr darüber wissen willst, dann folge mir in die Gastwirtschaft „Zur Apollonia". Dort kannst du mehr darüber erfahren."

„Was soll das denn für ein Zauber sein? Sicher irgendein fauler Zauber.

Verschwundene Menschen können nichts mit Schwänen zu tun haben."

„Hier an diesem magischen Ort können Menschen, die sich heimlich lieben, in Schwäne verwandelt werden, um für eine Stunde fortzufliegen und sich an einem anderen Ort ungestört lieben zu können. Das geht aber nur, wenn es die ehrliche und wahre Liebe ist und nicht, wenn es sich nur um einen Spaß oder Zeitvertreib handelt. Aber diese Menschen müssen von ihrem Treffpunkt pünktlich wieder zurückkehren, und wenn sie sich verspäten, müssen sie für immer Schwäne bleiben. Vittorio und Elisa sind vorgestern Abend spurlos verschwunden, und irgendjemand hat sie noch am Schwanenweiher gesehen. Doch von dort sind sie nicht wieder gekommen. Und ob du es jetzt glaubst oder nicht, es ist genauso, wie es die Zeitung beschreibt. Von diesem Augenblick an fand man im Weiher von Recoaro Terme zwei schneeweiße, majestätische Schwäne, die neu hinzugekommen sind. Nicht wahr, jetzt fängst du auch an, an diese Magie zu glauben?!"

„Ich halte nichts von solchen Dingen", entgegnete er. „Aber da ich Elisa gut kenne, muss ich unbedingt mehr erfahren und werde dir an den Ort folgen, von dem du mir versprochen kannst, dass ich dort mehr erfahren kann."

„Ich heiße Pepi", erklärte der Kleine, und du musst mir nur folgen!"

Fabrizio eilte dem Jungen mit schnellen Schritten hinterher und stellte überrascht fest, dass viele Menschen vor ihm herliefen und in eine bestimmte Richtung strebten.

Er wunderte sich darüber und fragte den Jungen: „Was ist hier los? Ist hier irgendein Fest?"

Pepi lachte. „Man könnte es so nennen. Sie laufen alle zum Weiher und schauen sich die Schwäne an. Manche haben Futter mitgebracht und einige reden sogar mit ihnen. Sie rufen die Namen der beiden verschwundenen Menschen aus und prüfen so, ob sich die Schwäne auffällig benehmen. Möchtest du auch dort hingehen und dir das Spektakel einmal anschauen?"

Fabrizio schüttelte den Kopf. „Nein, ich möchte jetzt nur so schnell wie möglich zu irgendeinem vernünftigen Menschen, der nicht an diesen Verwandlungszauber glaubt."

Pepi lachte. „Da wirst du nicht viele finden. Aber hab' nur noch ein wenig Geduld, wir werden gleich an der Gartenwirtschaft sein, und dort kannst du mit den Personen reden, die Vittorio und Elisa am besten kannten."

Fabrizio wischte sich den Schweiß von der Stirn. „Der Weg zieht sich ja ewig. Ist es noch sehr weit?"

„Es sind nur noch ein paar Schritte",
behauptete das Kind und hüpfte
munter voran.

Endlich tauchte die Gastwirtschaft
mit dem klingenden Namen
„Ristorante Apollonia" vor ihnen
auf.

„Früher hieß das anders", wusste
Pepi, „aber seit so viele Urlauber
hierherkommen, hat man dieses
Lokal umbenannt, besonders für die
vielen Ausländer, die auf solche
Namen stehen. Dort drüben, das
sind die Besitzer Gianni und
Apollonia", erklärte der kleine
Junge und zeigte auf das junge
Paar, das einem Gast gerade
Informationen gab.

„Ich denke, sie haben die Geschichte heute schon hunderte Male erzählen müssen", vermutete Pepi grinsend. „Aber dir werden sie sie bestimmt auch noch einmal berichten."

„Auf jeden Fall wird das eine Menge Gäste anlocken", bemerkte Fabrizio und bedankte sich bei dem Kleinen. Er drückte ihm ein Geldstück in die Hand und wünschte ihm bei seinen weiteren Unternehmungen viel Erfolg.

Apollonia hatte den neuen Gast schon entdeckt und steuerte auf ihn zu. Sie begrüßte ihn freundlich und fragte ihn nach seinen Wünschen. „Darf es ein Tisch mit der schönen Aussicht auf die Berge sein?"

„Das ist sehr nett, aber über den Tisch können wir später reden. Ich war vor langer Zeit einmal für wenige Stunden mit Elisa verlobt, jedenfalls hatte ich das gedacht. Aber nun habe ich gehört, dass sie verschwunden ist. In der Zeitung fand ich märchenhafte Aussagen, aber vielleicht könnt ihr mir sagen, was wirklich passiert ist."

„So genau weiß das keiner", antwortete die junge Frau. „Man hatte sie vor zwei Tagen noch am Weiher gesehen, und die Leute behaupten, der Vater meines Ehemannes sei auch mit dabei gewesen. Über das, was dann geschah, sind alle unterschiedlicher Meinung. Welche Geschichte möchten Sie hören?"

„Gibt es denn mehrere?" erkundigte sich Fabrizio erstaunt.

„Oh ja, eine ganze Menge", antwortete die junge Frau amüsiert. „Es gibt Leute, die schimpfen auf Elisa und sagen, bestimmt hat sie der Blitz getroffen, weil sie gesündigt und ungerechte Dinge getan hat. Von Entführung wird auch gesprochen, sogar von Mord. Aber die Geschichte, die sich durchgesetzt hat, das ist die Verwandlung des Liebespaares in Schwäne. So hat es mir eben noch meine Schwiegermutter erzählt, die früher nie an Zauber und Märchen glaubte."

„Diese Frau, ist das nicht die Ehefrau das verschwundenen Vittorio?" fragte Fabrizio erstaunt.

„Ja, das bin ich", sagte eine freundliche Stimme neben ihm, und er entdeckte eine sehr schöne Frau mittleren Alters. „Und ich bin wohl auch diejenige, die über alles am besten Bescheid weiß."

Er sah sie aufmerksam an. „Diese Geschichten sind ja alle sehr schön, und ich empfinde diesen Ort auch als sehr zauberhaft, ja, er hat etwas Magisches an sich. Und das liegt wohl auch daran, dass hier diese besondere Quelle entspringt, von der überall gesprochen wird. Aber halten Sie es nicht auch für möglich, dass die beiden einfach davongelaufen sind?"

Lucia sah ihn lauernd an. „Und wie sollen dann die Schwäne in den Weiher gekommen sein?"

„Irgendjemand, der an der Geschichte etwas verdienen will, der hat vielleicht unmittelbar nach dem Verschwinden des Paares diese schönen großen Vögel erworben und hier im Weiher ausgesetzt."

Die schöne Frau schmunzelte. „Sie sind nicht dumm. Warum ist es Ihnen nicht gelungen, Elisa an sich zu fesseln? Ich habe soeben mitangehört, dass sie sogar einmal mit ihr verlobt waren."

Er seufzte. „Ja, das habe ich jedenfalls geglaubt. Aber man kann niemanden für sich gewinnen, der sein Herz bereits verschenkt hat. Das haben Sie doch bestimmt auch so erfahren."

Sie sieht in den Himmel. „Vielleicht habe ich gar nicht versucht, ernsthaft sein Herz zu gewinnen. Aber die Liebe der beiden hat auch viel Segen gebracht. Mein Sohn kann ohne große Mühe seine Lebens-Träume verwirklichen, und Elisa hat Vittorio so beflügelt, dass er sich vor der schlimmsten Arbeit nicht fürchtete. Auch bin ich nun dadurch eine gut situierte und angesehene Frau in dieser Stadt."

„Werden Sie denn jetzt nicht bemitleidet, weil Vittorio verschwunden ist?"

Lucia lachte ein unbekümmertes Lachen. „Ich bin zwar eine Frau, die Wert auf ihr Ansehen legt, aber ich halte nichts von dem billigen Tratsch des Pöbels. Diese

Menschen reden heute über den und morgen über den anderen. So schnell, wie der Agno im Frühjahr durch das Tal fließt, so schnell wechseln die Menschen auch ihren Gesprächsstoff. Ich lebe hier sehr glücklich mit meiner Familie und meiner Schwester. Auf seine Art hat mich Vittorio auch geliebt, sonst hätte er mir nicht dieses Leben geschenkt."

Fabrizio dachte sich seinen Teil dazu. Ob es Liebe war oder nur ein schlechtes Gewissen, das Vittorio zu diesem Entschluss getrieben hatte? Und doch gab es ja so viele unterschiedliche Farben und Formen von Liebe. Für Elisa hatte er selbst damals auch sehr viel empfunden, aber sein Herz brannte nun ganz allein für seine Katarina. Laut sagte er: „Es ist schön, dass Sie jetzt Ihre Enkelkinder haben, dann werden Sie den Verlust etwas weniger spüren. Wollen Sie denn etwas unternehmen? Wollen Sie Vittorio suchen?"

„Ich weiß, wann es Zeit ist, eine Geschichte ruhen zu lassen", antwortete sie entschlossen. „Ich habe die beiden immer schon bedauert. Ist Liebe nicht etwas Schmerzvolles?! Mit diesen Gefühlen ist man unfrei und nicht in der Lage, für sich selbst die besten Wege zu wählen. Man macht sich Sorgen um den andern, man vermisst ihn, wenn man ihn nicht sieht, und man hat Sorge, ihn zu verlieren. Ich habe mal einen Brief gefunden,

den mein Mann von Elisa erhalten hatte, und der Inhalt hat mich sehr bestürzt. Eine ganze Palette von Gefühlen drängte sie dazu, Tag und Nacht an ihn zu denken. Und Vittorio! War es nicht eine Art Besessenheit, die ihn veranlasste, jeden Atemzug auf Elisa abzustimmen."

„Das kann ich alles nicht beurteilen", antwortete Fabrizio ehrlich. „Ich weiß gar nicht, ob man Liebe so hinterfragen kann, sie durchleuchten kann wie einen Menschen. Ich glaube, dass die beiden glücklich waren, so hat es mir Elisa jedenfalls damals erklärt, und für sie war Glück eben nicht nur ein friedvoller Zustand voller Ruhe wie eine duftende Blumenwiese, sondern eine

Lebendigkeit, ein Wirbel der Gefühle, von denen sie jedes lebte, auch wenn es manchmal schmerzte."

„Machen Sie sich darüber keine Gedanken!" riet ihm Lucia. „Machen Sie es wie ich, suchen ich ihr eigenes Glück!"

„Das habe ich schon gefunden", verriet er ihr. „Mein Beruf macht mir Freude, und ich bin mit meiner Katarina sehr glücklich. Aber jetzt noch einmal zum Verschwinden der beiden. Wer könnte denn etwas Genaues darüber wissen?"

Lucia lachte. „Jeder, den sie fragen, der wird Ihnen etwas anderes sagen, aber mir gefällt die Geschichte mit den Schwänen sehr gut. Damit kann ich leben."

Er hebt die Augenbrauen. „Sind die beiden denn jetzt als Schwäne glücklich, oder empfinden sie diesen Zustand als Strafe und wünschen sich ihre menschliche Gestalt zurück?"

„Darüber mache ich mir keine Gedanken, und sie sollten auch lieber wieder an ihre Katarina denken! Der Mensch soll nicht so viel grübeln, das ist ungesund."

Fabrizio atmete tief. „Dann will ich Sie jetzt auch nicht länger stören und meinen Heimweg antreten. Vielleicht komme ich eines Tages wieder und besuche diesen zauberhaften Ort. Vielleicht habe ich dann schon eine Familie, zeige den Kindern die Schwäne und erzähle ihnen diese Geschichte."

In Gedanken versunken verabschiedete er sich und verließ den Ort mit schnellen Schritten.

*

Als Fabrizio am Abend nach Venedig zurückkam, führte ihn seine Tante in eine stille Kammer.

„Konntest du mehr erfahren als das, was man so in der Zeitung liest?"

„Über die beiden Verschwundenen gab es die verrücktesten Geschichten.

Ich glaube, solch eine Begebenheit ist für die Menschen ein gefundenes Fressen. Jeder kann jetzt seiner Fantasie und seinem Gefühl freien Lauf lassen. Ganz so nach dem eigenen Gusto, und je nachdem wie man über das verliebte Paar denkt."

Maria nickte. „Ja, das habe ich mir auch gedacht. Und dann habe ich ein bisschen recherchiert, und es ist mir eingefallen, dass keiner danach gefragt hat, woher Vittorio eigentlich kam. Hat Elisa irgendwann einmal mit dir darüber gesprochen?"

Fabrizio schüttelte den Kopf. „Nein, darüber haben wir nicht geredet. Ich hatte das Gefühl, dass sie alle Dinge über ihn wie ein Geheimnis hütete, um ihn nicht mit anderen teilen zu müssen. Weißt du denn mehr?"

„Sie haben sich damals in Luttago zum ersten Mal gesehen, dort hat er gesungen, und vielleicht gab es einen Bezug zu diesem Ort. Deswegen habe ich mich heute einmal erkundigt, ob es dort vielleicht Ereignisse gibt, über die man spricht. Es ist ein kleines Bergdorf, da kennt man sich und weiß über die neuesten Ereignisse Bescheid. Einen neuen Sänger soll es geben, der dort demnächst in einem Gasthaus auftritt, aber von einer Frau ist nicht die Rede, nur von einem Hund, den er mit sich führt."

„Sie wird sich doch wohl nicht in einen Hund verwandelt haben", scherzte Fabrizio. „Und wie kommst du darauf, dass dieser Sänger Vittorio sein könnte?"

„Er singt Liebeslieder, und als er sich vorstellte, teilte er dem neuen Chef mit, dass dies seine Bestimmung sei."

„Willst du dort hinfahren und nachhören, ob es Vittorio ist?"

„Nein, das werde ich nicht tun. Ich werde den beiden nicht nachspionieren. Ich habe dieser Frau nur gesagt, dass sie mir bitte Bescheid geben soll, falls sie irgendwann einmal erfährt, ob sich eine Frau in seiner Gegenwart aufhält. Mehr will ich da gar nicht wissen. Aber es eilt nicht, und ist auch nicht wirklich wichtig."

„Mehr willst du nicht tun?" Der Ton seiner Stimme und sein Blick ließen unschwer erkennen, dass er mit ihrem Handeln nicht einverstanden war.

Sie seufzte. „Also, wenn du mir so auf die Nerven gehst, dann muss ich es dir verraten. Elisa hat mir einen Abschiedsbrief geschrieben, den ich erst später gefunden habe. Er klingt beruhigend, sodass ich glaube, dass dem Glück des liebenden Paares nichts mehr im Wege steht."

Er sah sie bittend an. „Darf ich ihn lesen?"

Die Tante zögerte einen Moment. „Nun, ja. Eigentlich wollte ich ihn ja verstecken und niemandem zeigen. Aber schließlich warst du ja auch einmal mit ihr verlobt, wenn auch nicht sehr lange."

„Wir verstanden uns immer sehr gut und sind als gute Freunde auseinandergegangen", versicherte er ihr. „Sie würde bestimmt nichts dagegen haben, wenn ich ihn lese."

Etwas zögernd entfernte sie sich und kam kurze Zeit später mit einem Brief zurück. „Hier! Das ist er. Sie hat ihn in meiner Kommode versteckt, und ich habe ihn erst gestern gefunden."

Erwartungsvoll faltete er das Papier auseinander und las dann laut:

„Liebste Maria!

Wir beide haben viele gute Zeiten miteinander verbracht, und ich bin dir und auch dem Leben dafür sehr dankbar. So wünsche ich dir auch, dass du weiter viel Freude hast an deiner Herberge, die du gemeinsam mit Carlo, deinem Neffen Fabrizio und seiner Frau Katarina so vortrefflich führst. Möget ihr noch lange recht gesund bleiben!

Für Vittorio und mich ist jetzt die Zeit gekommen, etwas zu verändern, denn die Abschiede sind zu schmerzlich geworden. Wir haben zwar auch die Gnade erfahren, aus der Ferne die Verbindung unserer Seelen und die Zusammengehörigkeit unserer Herzen spüren zu dürfen, auch konnten wir uns mit unseren Briefen sichtbare Zeichen unserer Liebe schaffen, aber nachdem wir nun alle unsere guten Freunde gut versorgt wissen, dürfen wir diese Zeit des Lebens hinter uns lassen.

Vittorio hat am Schwanenweiher die gute Fee getroffen, und sie hat ihm mitgeteilt, dass wir nun für immer zusammenbleiben dürfen. Ich bin nicht sicher, ob du dir vorstellen kannst, wie sehr ich mich darauf freue. Kein Mensch, kein irdisches Wesen wird mein Glück nachvollziehen können, denn diese Liebe ist nicht von dieser Welt. Sie kam mit einem Lächeln hereingeschneit in das irdische Trübsal und legte Sonnen- und Sternenschein in mein ganzes Leben. Vittorios Liebe ließ mein Herz erwachen und sorgte dafür, dass es niemals aufhörte zu schlagen. Seine Worte in all seinen vielen Briefen waren wie Balsam für meine Seele, und meine Seele antwortete ihm mit den Worten aus meinem Herzen. Lange konnte ich mir nicht vorstellen, dass es ein noch größeres Glück gibt, aber jetzt weiß ich, dass es vollkommen sein wird, wenn wir zusammen sind.

Sei nicht traurig, wenn ich weit weg bin! Freue dich mit mir darüber, dass mich der Glückstern zu einem neuen seltenen Glück geleiten wird!

In Liebe, deine Elisa."

Fabrizio wischte sich die feuchten Augenwinkel aus. Er seufzte. „Dann will ich auch nicht weiter nachfragen und gar nicht wissen wollen, wo sie jetzt ist. Wir werden sie ziehen lassen, egal, was sie im Sinn gehabt hatte. Die Hauptsache ist nur, dass sie mit ihm zusammen ist, wie und wo auch immer."

Maria nickte und nahm Fabrizio in den Arm. "So wollen wir es halten! Die beiden haben ihr Schicksal besiegt und sind jetzt frei. Unbeschwert können sie sich jetzt aufmachen zu neuen Welten, und meine Liebe wird sie begleiten.

*

Auch heute noch ist man sich nicht sicher, was aus Elisa und Vittorio geworden ist. Immer wieder erzählen Menschen, dass sie das verliebte Paar irgendwo gesehen hat. Ab und zu soll er als Sänger mit einer einschmeichelnden Stimme Lieder und Arien gesungen haben, die den Menschen zu Herzen gegangen sind. Ein Hund soll immer dabei gewesen sein. Und man redet davon, dass sie stets in einer eigenen Welt versanken, wenn sie sich in die Augen gesehen haben.

Aber auch in Recoaro gibt es immer noch Menschen, die felsenfest davon überzeugt sind, dass Elisa und Vittorio die schönsten Schwäne geworden sind, die es jemals irgendwo gegeben hat. Und wenn sich die weißen Vögel dort in die Lüfte erheben, dann werden die Leute ganz still, bleiben andächtig stehen, weil auch sie ergriffen werden, erfasst von dem Glücksgefühl durch das heilige Geschenk einer wahren großen Liebe, die niemals endet.

Ende